사 씨 남 정 기

sodampublishingcompany

베스트셀러고전문학선4

사씨남정기

펴낸날 | 2003년 10월 10일 초판 1쇄

지은이 | 김만중
펴낸이 | 이태권
펴낸곳 | 소담출판사
　　　　서울시 성북구 성북동 178-2 (우)136-020
　　　　전화 | 745-8566　팩스 | 747-3238
　　　　E-mail | sodam@dreamsodam.co.kr
　　　　등록번호 | 제2-42호(1979년 11월 14일)

ISBN 89-7381-768-X 03810
　　　 89-7381-775-2 (세트)
● 책 가격은 뒤표지에 있습니다.

www.dreamsodam.co.kr

베스트셀러고전문학선4

사씨남정기

김만중 지음

소담출판사

책 을
펴 내 며

고려대학교인문대학장 설중환.

고전문학작품이란 말 그대로 예로부터 전해 내려오는 훌륭한 작품들을 말한다. 이는 우리 조상들이 생활하면서 생각하고 느낀 모든 것들이 깃들어 있는 '보물창고'라 할 수 있다.

흔히 21세기는 인간과 문화가 가장 큰 화두가 될 것이라고들 한다. 근대에 들어 지금까지 기계화와 산업화와 정보화에 매달려 온 인간들은 어느새 스스로의 참모습을 잃어버리고 말았다. 나를 잃어버린 것이다. 우리가 길을 잃으면 어떻게 해야 할까. 다시 원래의 출발점으로 되돌아가는 것이 가장 빠른 길이 아닐까.

고전문학은 우리들을 새로운 출발점으로 안내할 것이다. 고전문학은 오염되지 않는 지혜의 보고로 항상 우리 곁에 남아 있기 때문이다. 현대인들은 다시 고전으로 되돌아가야 한다. 그 속에서 우리는 우리의 본래 모습을 되찾을 수 있을 것이다.

이번에 새로이 기획한 〈베스트셀러 고전문학선〉은 오늘날 한국인들이 꼭 읽어 보아야 할 주옥 같은 작품들을 수록하였다. 특히 모든 사람들이 쉽게 읽을 수 있도록 평이하게 편집하였다. 또한 책의 뒤에는 저자와 작품에 대한 자세한 정보뿐만 아니라 각 작품들 안에서 독자들이 생각해 볼 수 있는 점들을 첨부하였다. 독자들은 이를 통해 더 깊은 고전의 세계를 맛볼 수 있을 것이다.

모든 사람들이 고전작품을 통해서 한국인의 정체성을 되찾고, 참 한국인으로 살아갈 수 있다면 그보다 더 반가운 일은 없을 것이다.

일 러 두 기

1. 선정된 작품은 한국 고전 소설사의 대표적 작품들로서 현행 고등학교 검인정 문학 8종 교과서에
   실린 작품 외 개별 작가의 대표적 작품을 중심으로 엮었다.
2. 방언은 살리되 의미 전달을 위해 되도록 현대표기법을 따랐다.
3. 띄어쓰기는 개정된 한글맞춤법에 따랐다.
4. 대화는 " "로, 설명이나 인용, 생각, 독백 및 강조하는 말은 ' '로 표시하였다.
5. 본문에 나오는 향가나 가사 등은 서체를 다르게 했다.
6. 각주는 원주와 역주를 구분하지 않았다.
7. 본 도서는 대입수능시험은 물론 중·고교생의 문학적 소양 및 교양의 함양을 위해 참고서식 발
   췌 수록이 아닌 되도록 모든 작품의 전문을 수록하였다.

차 례

화설(話說)[1], 명나라 세종 때[2] 금릉 순천부에 이름난 인물이 하나 있었으니 성은 유, 이름은 현이었다. 개국공신 성의백 유기의 자손으로 천성이 현명하고 정직하며, 뛰어난 문장과 풍채로 당대에 이름을 드날렸다. 어린 나이에 과거에 급제하여 이부시랑 참지정사[3] 벼슬에 이르렀으니, 그 뛰어난 이름이 온 나라를 뒤흔들었다.

그는 일찍이 시랑 최모의 딸을 취하여 아내로 삼았는데, 부인 최씨는 어질고 덕이 많았다. 부부가 서로 금슬은 좋았으나 슬하에 자녀 없어 근심하다 뒤늦게 아들 하나를 얻었으니 용모가 준수하였다. 그 후 얼마 지나지 않아 부인 최씨는 세상을 떠나고 말았다. 공은 원래 공명에 뜻이 없었고 소인배가

---

[1] **화설(話說)** 이야기의 첫머리, 또는 말머리를 돌릴 때 쓰던 말. 각설(却說).

[2] **명나라 세종 때** 1522년에서 1567년까지.

[3] **이부시랑 참지정사** 둘 다 중국의 관명. 이부의 차관이며, 참지정사는 재상 다음가는 벼슬.

조정의 권세를 쥐고 흔들므로 스스로 병들었다 일컫고 벼슬을 사양한 후 집에 돌아와 세월을 보내었다. 비록 나랏일에 참여치 아니하였으나, 당대의 명사 중에 공의 청렴하고 고귀한 덕을 사모하여 우러르지 않는 이가 없었다.

공에게는 누이가 하나 있으니, 성품이 유순하고 유한정정[4]한 덕이 있었다. 일찍이 선비 두강의 아내 되었다가 불행히도 남편을 여의게 되어 공과 한 집에 지내며 극진한 우애를 나누었다.

유 공자의 이름은 연수로, 차차 자라며 얼굴이 관옥 같고 재기 숙성하여 십 세에 이미 문장에 뛰어난 솜씨를 보였다. 공이 기특히 여겨 사랑하였으나 다만 부인에게 아들의 모습을 보이지 못함을 한탄하였다. 연수가 십사 세가 되었을 때 향시[5]에 장원으로 뽑히고 십오 세에 급제하니, 천자께서 그 문장과 사람됨을 보시고 크게 칭찬하사 한림학사[6]에 제수하셨다. 한림이 자신의 나이 아직 어리니 십 년을 학문에 더 힘쓰다가 다시 출사하기를 청하였다. 천자께서 그 뜻을 아름답게 여기시고 특별히 본직을 그대로 지니도록 하면서 오 년 동안 수학할 말미를 주시니, 한림은 천은에 감축하였다.

유 공도 또한 경계하여,

---

[4] **유한정정** 부녀자의 인품이 매우 얌전하고 점잖음.
[5] **향시** 문과 · 생진과 · 잡과 등 과거의 초시. 각 도에서 보는 1차 시험.
[6] **한림학사** 중국에서 제고(制誥)를 관장하던 벼슬.

"충의를 다하여 국은을 갚거라." 하였다.

한림이 급제한 후 혼인을 청하는 이가 많았는데 마땅한 혼처가 나서지 않았다. 하루는 공이 누이 두 부인과 더불어 성 안의 모든 매파를 청하여 현철한 소저가 있는 집안을 물었다. 매파들의 말을 듣자니 칭찬할 때에는 하늘까지 올리고 헐뜯으면 천 길 굴 속으로 떨어뜨리니 아침부터 저녁이 될 때까지도 상대를 정하지 못하였다. 그중에 주파라 하는 매파가 모든 매파의 말이 끝나기를 기다리며 말을 하지 않고 있다가 입을 열었다.

"모든 말이 공평하지 못하니 소인이 바른 대로 고하겠나이다. 노야께서 만일 부귀를 원하시면 엄 승상 댁 만한 곳이 없고, 현철한 규수를 원하시면 신성현의 사 급사(給事)[7] 댁 소저밖에 없으니, 이 두 댁 가운데 하나를 택하소서."

"부귀는 본디 내 원하는 바가 아니며, 어진 규수를 택하려 하는 것이다. 사 급사는 본디 대간[8] 벼슬을 하다가 적소[9]에서 억울하게 죽은 진실로 강직한 선비니 마땅히 친분을 맺음이 옳을 것이다. 그 집에 소저가 있는 줄 몰랐는데 그가 어떠한가?"

"그 소저의 용모와 덕행이 일세에 뛰어나니 어찌 다 말로 하겠나이까. 소인이 매파 일을 본 지 삼십여 년에 모든 왕공과 재상 댁을 다니며 많은 신부를 보았으되, 이같이 요조[10]하고 현철한 소저는 처음이니 두 번 묻지

---

[7]. **급사(給事)** 벼슬 이름.

[8]. **대간** 왕에게 간언(諫言)하는 일을 맡아보던 벼슬.

[9]. **적소** 유배지.

[10]. **요조** 부녀자의 행실이 아름답고 얌전함.

11

마소서."

"미색을 취하려는 것이 아니니 현숙한 덕행이 있어야 한다."

"사 소저는 몸가짐이 얌전하고 인품이 소탈하여 요조숙녀의 덕이 외모에 나타나옵니다. 매파의 말이 믿기지 않으시거든 상공께서 다시 소저의 현불현(賢不賢)[11]을 알아보소서. 소인이 어찌 상공께 없는 말을 하오리까!" 하고 매파가 하직하고 돌아간 후에 공이 두 부인에게 상의하여 물었다.

"매파의 말만 믿을 수는 없으니, 어찌하면 사 소저의 덕행을 자세히 알수 있겠느냐?"

"남녀의 덕행은 필법에 나타나는 것이니, 사 소저의 필체를 얻어 알아봅시다. 우리집에 당나라 사람 오도자[12]가 그린 남해 관음화상이 있습니다. 본대 우화암에 보내어 시주하고자 하였던 것이니 우화암의 여승 묘혜를 사씨 댁에 보내어 사 소저에게 관음찬[13]을 짓도록 청합시다. 친필을 보면 그 재덕을 알 수 있을 것입니다. 또한 묘혜가 그 얼굴을 보고 올 것이니, 매파처럼 좋은 말만 하지는 않을 것입니다."

공이 근심하며 말하였다.

"좋은 계책이긴 하나 관음찬 짓기가 쉽지 않을 텐데, 어린 여자의 글재주로 감당할 수 있겠느냐?"

두 부인이 책망하듯 가로되,

---

[11]. **현불현** 어질고 어질지 못한 것.
[12]. **오도자** 당대(唐代) 제일의 화가 오도현(吳道玄)의 자.
[13]. **관음찬** 관세음보살을 예찬하는 노래 또는 시문.

"어려운 글을 짓지 못한다면 어찌 재원이라 하겠습니까?"

공이 누이의 말이 옳다 여겨 서둘러 묘혜 부르기를 청하였다. 두 부인이 사람을 우화암에 보내어 묘혜를 불러왔다.

"사씨 댁과 결친하려 하나 신부의 재덕과 용모를 알 수 없으니, 이 관음화상을 가지고 사씨 댁에 가서 사 소저에게 글을 받아오면 필체를 보고자 한다. 대사는 수고를 아끼지 말라."

말을 마친 두 부인이 묘혜에게 관음화상을 내주었다.

묘혜가 관음화상을 받아 가지고 즉시 사 급사 댁에 가서 뵈옵기를 청하였다. 사 부인이 본대 불법을 좋아하고 또 묘혜가 전부터 여러 번 출입하였던 터라 즉시 불러들였다. 묘혜가 절을 하고 안부를 묻자 부인이 반갑게 맞으며 말하기를,

"오래 보지 못했더니, 오늘 무슨 좋은 바람이 불어서 왔는가?"

묘혜가 대답하여 가로되,

"소승이 거하는 암자가 퇴락하여, 재물을 얻어 중수하느라 틈이 없어 오랫동안 인사를 드리지 못하였사옵니다. 이제 역사가 끝났으니, 감히 부인을 뵈옵고 시주를 청하옵니다."

"불사에 쓰려는데 시주를 어찌 아끼겠는가, 하나 빈한한 집이라 재물이 없으니 크게는 시주하지 못하겠네. 달리 청하는 것은 없는가?"

"소승이 구하는 것은 부인께는 불비지혜(不費之惠)[14]요, 소승에게는 천

---

14. **불비지혜(不費之惠)** 자기에게는 해될 것이 없으나 남에게는 이익이 되는 은혜.

냥보다 중한 일이나이다."

부인이 재촉하여 말하되,

"하면 말해 보게."

묘혜가 답하기를,

"소승이 암자를 중수한 후 어느 댁에서 관음화상을 시주하였사옵니다. 당나라 사람이 그린 명화이온데 단지 그에 대한 찬미의 글이 없는 것이 큰 흠이옵니다. 만일 댁의 소저가 금석 같은 친필로 찬문을 지어주신다면 이는 실로 산문의 보배로, 그 공덕이 칠보를 시주하는 것보다 열 배나 중하며, 소저의 수명도 또한 길어질 것이옵니다."

부인이 그 말에 마음이 흡족하여 말하였다.

"우리 아이가 비록 고금시문에 능통하다 하나 이런 글은 잘 짓지 못할 것 같네. 그저 시험삼아 해보라 하겠네."

시녀로 하여금 소저를 부르게 하였다. 사 소저가 명을 받들어 연보[15]를 옮겨 나와 모친을 뵙는데 그 시원하고 깨끗한 용모가 마치 관음보살이 강림하신 듯하였다. 묘혜가 마음 깊이 놀라 생각하기를,

'속세에 어찌 이런 사람이 있었단 말인가!' 하며 즉시 합장배례하고 물었다.

"소승이 사 년 전에 소저를 뵈었는데 기억하시옵니까?"

"어찌 스님을 잊었겠소."

---

[15]. **연보** 미인의 걸음걸이.

묘혜와 소저의 인사가 끝난 뒤 부인이 소저에게 말하기를,

"대사가 먼 길을 와 네 필치로 관음찬 짓기를 구하는데, 네가 지을 수 있 겠느냐?"

"소저의 미련하고도 부족한 재주로 어찌 그것을 감당하겠사옵니까? 하 물며 옛 사람들이 이르기를 여자가 시부(詩賦)를 짓는 일을 경계하라 하였 으니, 아무리 대사의 청이라 하나 어려울 것 같사옵니다."

묘혜가 소저의 말을 듣고 이르기를,

"소승이 구하는 것은 원래 시부가 아니옵고, 관음화상께 바쳐 마땅한 글 을 얻어 그 공덕을 찬양하고자 함이옵니다. 관음보살은 본시 여자의 몸이 니 반드시 여자의 글을 받아야 좋을 것이옵니다. 지금은 소저가 아니면 능 히 이 글을 지을 사람이 없사옵니다. 바라건대 소저는 청을 물리치지 마시 옵소서."

부인이 웃으면서 말하되,

"네 재주가 미치지 못하면 하는 수 없지만, 이 글은 쓸데없는 문자와는 다르니 아무것이나 지어 보면 어떻겠느냐?"

이에 묘혜가 족자 하나를 드리자 부인과 소저가 받아 펼쳐보니 바다 물 결이 도도히 펼쳐진 가운데 외로운 섬이 하나 서 있는데 관음보살이 흰옷 을 입고 머리도 빗지 않고 영락(瓔珞)[16]도 하지 않은 채 한 아이를 안고 대 수풀 사이에 앉아 계신 그림이었다. 그 화법이 매우 기묘하여 관음보살과

---

16. **영락(瓔珞)** 목, 팔 등에 두르는 구슬 꿴 장식품.

동자가 마치 살아 있는 듯하였다.

그림을 본 소저가 말하기를,

"내가 배운 것은 유가의 글뿐이라 불서는 알지 못하오. 비록 글을 짓더라도 대사의 마음에 차지 못할까 걱정이오."

묘혜 답하여 가로되,

"소승이 듣자하니 푸른 연잎과 흰 연꽃이 그 빛은 비록 다르나 뿌리는 하나요, 공부자[17]의 도와 석가여래의 자비가 비록 다르나 뜻은 한가지라 하였사옵니다. 소저께서 비록 불서를 모르시나 유가의 글로써 보살을 찬송하시면 더욱 좋을까 하옵니다."

소저는 더 사양치 않고 손을 정결히 씻고 족자를 걸고 분향 배례하였다. 그리고 채필[18]을 빼들고 공경히 앞으로 나가 관음찬 수백 자를 가늘게 족자 위에 쓰고, 다시 그 끝에 연월일과 '사씨 정옥 재배서'라고 썼다.

묘혜 또한 글을 아는지라 소저의 문장과 필법을 크게 칭찬하며, 부인과 소저에게 무수히 사례하고 돌아갔다.

유 공이 두 부인과 함께 묘혜가 돌아오기를 기다리다가 묘혜가 주는 족자를 받으며 물었다.

"사 소저의 재주와 용모가 어떠하더냐?"

"족자에 그려진 관음과 같았사옵니다."라 말하고, 덧붙여 사 급사 부인과 소저가 주고받은 이야기를 자세히 고하였다.

---

[17] **공부자** 공자(孔子)의 높임말.
[18] **채필** 채색하는 데 쓰는 붓.

공이 묘혜의 말을 듣고 기뻐하며 말하기를,

"사씨 댁 소저의 재주와 덕행이 과연 보통 사람이 아니구나."

족자를 걸고 보니, 필법이 정묘하여 단 한곳도 구차한 곳이 없고 글씨에는 온화하고 유순한 덕이 나타난 듯하여 공과 두 부인이 칭찬하여 마지 않았다.

유 공과 부인이 그 글을 흡족한 마음으로 읽어내렸다.

관음보살은 옛적 성인이라, 그 덕행이 주나라 태임과 태사와 같도다. 관저와 갈담이 부인의 할 일인즉, 외로이 공산에 있음은 본의가 아니라. 고요(皐陶)와 직설(稷契)은 세상을 돕고 백이와 숙제는 주려 죽었으니, 도는 같지만 처지가 다름이라. 내 화상을 보건대 흰 옷을 입고 아이를 안았도다. 그림으로 미루어보아 그 위인을 대강 알겠구나. 옛날 절부는 머리털을 끊고 목숨을 버려 세상과 인연을 끊고 오직 의리를 취하였거늘, 세속 사람들은 부처의 글을 잘 알지 못하고 한갓 거짓말하기를 좋아하니 윤기(輪機)에 해로움이 있도다. 슬프다, 관음보살은 어찌하여 여기에 계신가? 외로운 섬, 대 수풀에 바다 물결이 만리로다. 극진한 공부, 윤회에 벗어나 어진 덕이 세상에 비치니, 억만창생 뉘 아니 공경하리요? 만고에 그 이름이 불생불멸하니, 거룩한 그 덕을 붓으로 찬양키 어렵도다.

공과 두 부인이 보기를 마치고 크게 칭찬하여 가로되,

"필법과 문장이 이렇듯 기묘하니 재덕을 겸비한 것을 알겠다. 과연 매파의 칭찬이 거짓이 아니었구나. 그럼 누구를 보내 혼인을 청하는 것이 좋겠느냐?"

두 부인이 말하기를,

"서둘러 매파를 보내 통혼하십시오."

공이 그 말을 옳다고 여겨 즉시 주파를 불러 사가에 청혼을 하였다.

"내, 사 소저의 덕행을 잘 알았으니 네가 그 댁에 가서 통혼하여 혼인 허락을 받아 오면 큰 상을 주겠다."

주파가 공의 명령을 듣고 사 급사의 집으로 향하였다.

사 소저는 급사 사후영의 딸이다. 후영이 본대 청렴강직하여 소인배가 조정에서 반란을 일으키려 하는 것을 분히 여겨 여러 번 상소하였으나 도리어 간신의 모함을 받고 소주 땅에 귀양갔다가 결국 돌아오지 못하고 적소에서 죽었다. 사 급사의 부인은 소저를 데리고 고향 본댁에 돌아와 수많은 서러움을 참으며 세월을 보냈다. 사 소저가 모친을 지성으로 봉양하며 점점 장성하여 혼기가 되었으나 혼인을 주관할 사람과 방도가 없어 근심하고 있었다.

이날 매파가 찾아와 당하에 문안하고 소저의 용모자색을 칭선[19]하며,

"소인이 이제 유 상공의 명령을 받아 귀댁의 소저와 혼인을 이루고자 왔사옵니다. 유 한림은 소년 등과하여 벼슬이 한림학사에 이르렀고 풍채와

---

[19] **칭선** 칭찬하여 좋게 여김.

문장과 재덕이 일세를 압도하오니, 귀댁 소저와 하늘이 내린 인연이 아닌가 하옵니다."하고 아뢰었다.

부인이 진작부터 유 한림의 풍채가 출중하다는 소문을 들었으므로 못내 기꺼워하였으나, 소저와 한 번 의논하여 허락하려고 친히 소저의 방으로 가서 매파가 하던 말을 전하였다.

"나는 벌써 혼인을 허락하려고 마음을 정하였다만 너의 생각은 어떠하냐? 가부간 속이지 말고 속마음을 말해 보아라."

"유 상공은 당대의 어진 재상이니 그 댁과 결친하는 것을 옳지 않다고 할 것은 아니오나, 듣자하니 '군자는 덕을 귀히 여기고 색을 천히 여긴다' 하였는데 주파가 하는 말을 가만히 들으니 먼저 자색을 일컫는 것이 마땅치 않사옵니다. 더구나 그 댁의 부귀만 자랑할 뿐 아버님의 청렴하고 고결한 덕은 한 마디도 일컫지 않았사옵니다. 이것은 매파가 생각이 없어 그릇 전하였다 하여도 말할 것도 없거니와, 만일 유 공의 뜻이 그러하다면 유 공의 어진 이름은 헛된 소문에 불과하니, 소녀 그 집으로 출가하기를 원치 않사옵니다."

부인은 소저의 뜻을 어기기 어려워 소저가 어리다는 핑계로 허혼치 않았다. 매파가 하는 수 없이 그냥 돌아와 사실을 고하였더니, 공과 두 부인이 섭섭히 여기다가 매파에게 물었다.

"네가 가서 무엇이라 하였느냐?"

매파가 제가 말한 대로 일일이 고하자 공이 깨달은 바가 있어 말하기를,

"내 소홀하여 잘못 가르쳐 보냈구나. 이제 그만 돌아가거라."하였다.

이튿날 공이 친히 신성현으로 가서 지현(知縣)[20]을 찾아보고 정중히 부탁하였다.

"내 사씨와 통혼하고자 매파를 보냈으나 어리다는 핑계로 혼인을 허락하지 않으니, 매파가 말을 잘못한 탓이오. 이제 선생이 나를 위하여 사가에 찾아가는 수고를 아끼지 말아 주시오."

"선생의 말씀을 어찌 듣지 않겠습니까?"

공이 다시 염려하여 말하였다.

"다른 말은 하지 말고 오직 사 급사의 청덕을 흠모하여 구혼한다고 전하면 반드시 허락할 것이오."

지현이 유 공을 관사에 머물게 하고 친히 사가에 찾아가 만나기를 청하고 성명을 통하니, 부인이 지난번 혼사의 일로 찾아온 것을 짐작하였다. 하인을 시켜 객당을 깨끗이 치우고 객당으로 맞아들여 자리를 정하고 술과 과일을 잘 차려 지현을 대접한 후 시비[21]에게 전갈하여 가로되,

"성주께서 이처럼 누추한 곳에 왕림하셔서 외로움을 위로하여 주시니 이 집안의 영광이옵니다."

지현이 공손히 부인의 인사를 들은 후에 시비에게 전언하여 가로되,

"소관이 귀댁을 방문한 것은 다름이 아니오라 귀부(貴府) 소저의 혼사를 중매하고자 함입니다. 전에 이부시랑 참지정사를 지내신 유 공께서 댁의 영애[22]가 부덕을 겸비하고 자색이 출중함을 듣고 어여삐 여기셨을 뿐 아니

---

[20]. **지현(知縣)** 현을 다스리는 관리.
[21]. **시비** 곁에서 시중 드는 계집종.

라 사 급사의 청렴정직함을 항상 흠앙하시어 그 여아의 재덕은 불문가지라 하시며 귀부 소저를 며느리 삼고자 하셨습니다. 또한 유 공의 아들은 금방장원(金榜壯元)[23]하여 벼슬이 한림에 이르렀고, 천자가 지극히 총애하시니 사람들이 저마다 사위 삼고자 하였으나 유 공이 모두 물리치셨습니다. 귀부 소저의 덕스러운 명성을 들은 후 저에게 시키시어 청혼하시니, 바라건대 때를 잃지 마시고 허락하시면 내 돌아가 유 공 뵈올 낯이 있을까 하옵니다."

부인이 시비를 통하여 다시 전갈하기를,

"부족하고 어리석은 제 여식의 재덕이 부족하고 용모 또한 취할 것 없는데, 성주께서 이렇듯 친히 찾아오셨으니 내 어찌 사양하겠습니까? 돌아가시어 흔쾌히 혼인을 허락하였다 이르십시오."

지현이 크게 기뻐하며 돌아와 유 공에게 사 급사 집에 찾아가 했던 말과 부인이 허혼했단 말을 전하니, 유 공이 좋아하며 지현의 수고를 치하하였다.

유 공은 집으로 돌아와 두 부인에게 이 말을 전하고 곧 택일하였는데, 길일이 한 달 뒤라 혼인이 다급하였다. 유 공이 사 급사의 청렴결백함을 아는지라 가세가 어려움을 알고 빙폐[24]를 후하게 보내었다.

유 공은 부인 최씨가 아들의 성혼을 보지 못하고 떠난 것을 못내 슬퍼하

---

22. **영애** 다른 집의 딸을 높여 부르는 말.
23. **금방장원(金榜壯元)** 과거에 장원급제한 사람의 글을 써서 거리에 붙이는 것.
24. **빙폐** 공경하는 뜻으로 드리는 예폐(禮幣).

였다.

어느덧 세월이 흘러 길일이 되니 양가에서 큰 잔치를 베풀고 예식을 행하여 혼인을 이루니 참으로 요조숙녀, 군자의 좋은 짝이라 할 만하였다. 신부의 모친이 신랑의 신선 같은 풍채를 사랑하야 딸과 아름다운 한 쌍을 이루는 것을 즐기면서도 급사가 그것을 보지 못함을 섭섭해 하는 눈물로 옷깃을 적시었다. 신랑이 가마에 오르기를 재촉하여 집으로 돌아와 존구(尊舅)[25]에게 폐백을 받들자, 공과 두 부인이 눈을 들어 신부를 보니 아름다운 용모는 말할 것도 없고 현숙한 덕이 외모에 나타나, 공이 기쁨을 이기지 못하였다.

유 공이 누이 두 부인을 돌아보며,

"나의 자부는 참으로 태임과 태사의 덕을 갖추었으니, 어찌 세속의 여자에 비하겠느냐." 하였다.

그리고 시녀를 불러 작은 상자 하나를 가져오게 하여 그 속에 든 보경한 좌와 옥지환 한 쌍을 내어 신부에게 주었다.

"이 물건이 비록 별 것 아닌 듯하나 우리 집안에 대대로 전해 내려오는 물건이다. 내가 지금 신부를 보니, 맑기가 거울 같고 덕이 옥과 같으므로 이것을 주니 나의 정으로 알아라."

사씨가 일어나 절하고 그것을 받았다.

사씨 이때부터 효도를 다하여 존구를 받들고, 공손하게 군자[26]를 섬기

---

[25]. **존구(尊舅)** 시아버지를 존경하여 일컫는 말.
[26]. **군자** 남편.

고, 정성껏 제사를 받들며, 아랫사람을 부릴 때는 은혜로써 하니 규문[27]이 평화롭고 화기애애하였다.

어느 날 유공이 병을 얻더니 그 병세가 나날이 짙어만 갔다. 한림 부부가 밤낮으로 약을 다려 시중을 들었으나 백약이 무효하였다.

공은 자신이 다시 일어나지 못할 것을 알고 두 부인을 불러오라 이르고 길게 탄식하며 가로되,

"나는 지금 죽을 듯하니, 현매는 너무 슬퍼 말고 몸을 잘 보중하여 가사 주관하기에 그릇됨이 없게 하라." 하였다.

또 한림의 손을 잡고 말하였다.

"너희 부부는 마땅히 집안 일을 서로 의논하고, 숙모의 가르침을 내 말과 같이 알아라. 또한 학문에 힘쓰고 충성을 다하여 가문의 이름을 빛내도록 하여라."

또 사씨에게 일러 가로되,

"너의 현부로서의 요조한 덕행에는 이미 감복하니 내 다시 무엇을 부탁하겠느냐." 하였다.

세 사람이 눈물을 흘리며 병이 낫기를 축원하였으나 그날 밤 공이 갑자기 별세하니, 한림 부부의 호천애통(呼天哀痛)함이 비할 데 없고, 두 부인 또한 몹시 애통해 하였다.

마침내 장일이 되어 영구를 선영에 안장하였다.

[27.] **규문** 부녀자가 거처하는 안방.

세월이 물 흐르듯 흘러 삼상(三喪)을 마치고, 한림은 왕의 명을 받아 조정에 나가 직임을 수행하였다. 그가 소인배들을 배척하고 몸가짐을 강직하게 하므로 천자께서 사랑하시어 높이 들어 쓰시고자 하였으나 승상 엄숭이 그를 꺼리고 두려워하여 여러 해가 되도록 품계가 오르지 못하였다.

유 한림 부부가 혼인을 한 지 벌써 십 년이 넘고 나이가 거의 삼십에 가까웠으나 슬하에 자식이 하나도 없어 부인이 깊이 근심하였다.

사씨 부인이 이를 근심하며 한림에게 호소하였다.

"첩이 기질이 허약하여 생산을 할 희망이 보이지 않습니다. 불효삼천(不孝三千)에 무후위대(無後爲大)[28]라 하였으니, 첩의 자식 보지 못한 죄가 가문에 누가 되어 용납치 못할 것이나, 상공의 하해와 같은 덕택으로 지금껏 부지하였습니다. 생각하여 보니 상공이 여러 대에 걸쳐 독자라 유씨 종사가 위태로우니, 원컨대 상공은 첩을 괘념치 마시고 어진 여자를 택하여 농장지경[29]을 보신다면 가문의 경사일 뿐 아니라 첩의 죄 또한 면할 수 있을 것입니다."

한림이 웃어 가로되,

"어찌 자식이 없다고 첩을 얻겠소. 첩이 들어오면 집안이 어지러워지는 것은 당연한 일인데 부인은 어찌 화를 자초하려 하시는 거요? 그것은 천만 부당한 일이오."

"재상가에서 일처일첩하는 일은 예전부터 있어 온 일입니다. 첩이 비록

---

[28] **무후위대(無後爲大)** 많은 불효 가운데 자손 없는 것이 가장 큼.
[29] **농장지경** 아들을 낳은 기쁨.

부덕하기는 하나 세속 부녀자들의 투기는 경계하는 바이니, 상공은 조금도 염려하지 마십시오."

부인이 조용히 매파를 불러 됨직한 양가 여자를 구하였더니, 두 부인이 이 말을 듣고 크게 놀라 사씨 부인에게 물었다.

"네가 질아(姪兒)를 위하여 첩을 구한다고 들었다. 과연 그런 일이 있느냐?"

"그렇습니다."

"집안에 첩을 두는 것은 화를 자초하는 일이다. 속담에 이르기를, '말 한 필에 안장 둘을 얹을 수 없고 밥그릇 하나에 숟가락 두 개 없다' 하였다. 군자가 첩을 얻으려 해도 일부러 극구 말려야 할 터이거늘, 화를 자초하는 것은 어찌된 일이냐?"

"첩이 존문[30]에 들어온 지 벌써 십 년이 지났으나 아직 한 점의 혈육을 보지 못하였으니 옛법에 따르자면 이미 군자께 버림받아 마땅하니, 두 말할 처지가 아니거늘, 어찌 감히 첩 두는 일을 꺼리겠습니까?"

"자녀를 생산하는 일에 이르고 늦고가 어디 있느냐. 두씨 문중에도 나이 삼십이 지나서야 아들 다섯을 낳은 일도 있고, 또 세상에는 사십이 지난 뒤에 비로소 초산하는 이도 많다. 네 나이 아직 삼십이 채 안 되었으니 너무 염려하지 말아라."

"첩은 기질이 허약하여 생산할 희망이 없습니다. 또한 도리를 따진다 하

---

30. **존문** 남의 가문을 높여 부르는 말.

25

여도 남자가 일처일첩하는 일은 떳떳한 일이니, 첩이 비록 태사와 같은 덕은 없으나 세속 부녀들의 투기는 본받지 않으려 하옵니다."

"태사가 비록 투기하지 않았으나 그것은 문왕이 한쪽으로 치우치지 아니한 은혜와 사랑을 베푸니 모든 첩들이 감복하여 원망이 없었던 것이다. 만일 문왕이 그와 같은 덕이 없었으면 비록 태사 같은 부인일지라도 어찌 교화를 베풀었겠느냐. 더욱이 지금은 옛날과 시절이 다르고 성인과 범인의 길이 다른데, 단지 투기하지 않는 것으로 태사를 본받으려 하다니, 이는 헛된 이름을 탐하여 화를 부르는 일이라 하겠다. 너는 깊이 생각하여라."

"첩이 어찌 감히 옛적 성인을 바라리까? 단지 세속 부녀들이 인륜을 모르고 질투를 일삼아 집안의 법도를 문란케 하는 것을 한탄하는 바오니, 첩이 비록 용렬하오나, 어찌 그런 행실을 하리까? 그리고 또 군자께서 만일 몸을 돌아보지 않고 요색(妖色)에만 침혹(沈惑)하시면 첩이 정성을 다하여 간하겠습니다."

두 부인이 더 이상 말리지 못할 것을 짐작하고 탄식하여 가로되,

"장차 들어올 새 사람이 양순한 여자거나 네가 간하는 말을 군자가 잘 들으면 좋겠으나, 새 사람이 좋은 사람이 아니고, 또 사내 마음이 한번 기울어지면 되돌리기 어려울 것이니, 이후 내 말을 생각하고 뉘우칠 일이 없게 하여라."하고 크게 낙심하여 마지 않았다.

이튿날 매파가 들어와 사씨 부인께 여쭈기를,

"한곳에 여자가 하나 있사오나, 아마 부인의 구하는 바에 너무나 과할

듯 하나이다."

"무슨 말이냐?"

"부인의 구하시는 사람은 다만 부덕이 있고 생산을 잘 하면 그만이오나, 이 사람은 그렇지 아니하여 용모자색이 출중하오니 부인의 뜻에 합당치 못할까 하나이다."

사씨 부인이 웃으며 말하기를,

"매파는 남 떠보는 말일랑 하지 말고 자세히 말하여라."

"성은 교씨요, 이름은 채란이라 하며 하간부에서 자란 사람이옵니다. 본대 벼슬하는 집 딸로서 부모를 일찍 여의고 그 형의 집에 의탁하고 있사옵니다. 지금 나이가 열여섯이라 하옵니다. 제 스스로 말하기를 가난한 선비의 아내가 되기보다 공후부귀가(公侯富貴家)의 첩이 되는 것이 좋다 하오며, 그 자색은 한 고을에 으뜸이요, 여공지사(女工之事)³¹도 모를 것이 없사오니, 부인이 만일 상공을 위하여 첩을 구하신다면 이보다 나은 이가 없을까 하나이다."

사씨 부인이 크게 기뻐하여 말하였다.

"벼슬한 사람의 딸이면 그 성품과 행실이 무지한 천인과는 다를 것이니 다행이구나."

사씨 부인이 한림에게 매파가 한 말을 전하고 데려오기를 강권하였다.

"내 첩 두는 일은 그리 급하지 않소. 허나 부인의 뜻을 저버리기 어려우

---

31. **여공지사(女工之事)** 여자가 하는 바느질과 길쌈질.

니 택일하여 데려오시오."

이에 친척을 모으고 잔치를 벌여 교씨를 맞아들였다. 교씨가 한림과 부인께 절하고 자리에 앉았는데 그 얼굴이 아름답고 거동이 가볍고 날렵하여 해당화 한 송이가 아침 이슬을 머금고 바람에 나부끼듯 하니 모두 칭찬하지 않는 사람이 없었으나 오직 두 부인만 기뻐하지 않았다. 이날 밤에 교씨를 화원 별당에 머물게 하고 한림이 들어가 밤을 지내니, 두 사람의 정이 넉넉하고 만족할 만하였다.

이튿날 두 부인이 사씨 부인과 함께 말씀을 나누며,

"어차피 소실 두기를 권할 것이면, 마땅히 순직하고 근실한 사람을 구할 것이지 이렇듯 절대가인을 데려왔느냐. 그 성품이 어질지 못하면 네게 해가 될 뿐 아니라 유씨 가문에도 화가 미칠까 걱정이구나."

"옛날 위장강은 고운 얼굴과 공교로운 웃음으로도 현선지덕을 이루었습니다. 그러니 어찌 절대가인이라 다 어질지 아니하겠습니까?"

"장강이 어질기는 하였으나 자식을 두지 못하였느니라."

두 사람은 서로 마주보고 웃었다.

한림이 교씨가 거처하는 집의 이름을 고쳐 백자당이라 하고 시비 납매 등 네댓 명으로 하여금 시중들게 하였다. 집안에서는 모두 그를 교 낭자라 불렀다.

교씨가 총명하고 명민하기는 하나 교활하고 간사하여 한림의 뜻을 잘 맞추고 사씨 부인을 극진한 듯 섬기니 집안 사람들이 모두 칭찬하였다.

반년이 채 못 가 교씨의 몸에 태기가 있으니 한림과 부인이 못내 기뻐하였다.

교씨가 행여나 아들을 낳지 못할까 염려하여 점치는 사람 여럿을 불러다 물으니 혹은 '아들' 이라 하고 혹은 '딸' 이라고 하며, 또 어떤 사람은,

"아들을 낳으면 수를 누리지 못하고 딸을 낳으면 장수 유복하리라." 하였다. 이에 교씨가 더욱 염려하며 근심하였다.

하루는 시비 납매가 그것을 알고 교씨에게 말하였다.

"이 동리에 십랑이라 하는 여자가 있사옵니다. 본대 남방 사람으로 이곳에 잠시 머물고 있사온데 그 재주가 비상하여 모르는 것이 없사오니 이 여자를 불러 물어 보시옵소서."

교씨가 이 말을 듣고 크게 기뻐하며 즉시 십랑을 불러 물었다.

"네 능히 태중에 들어 있는 아이의 남녀를 분간하여 알아낼 수 있느냐?"

"제가 비록 능한 재주는 아니오나 태중 아이의 남녀는 분간할 줄 아나이다. 잠깐 진맥하도록 허락하소서."

이에 교씨가 팔을 걷고 맥을 보라 하자, 십랑이 손을 짚어 맥을 본 뒤에,

"이는 분명히 딸을 낳을 맥이옵니다."

교씨가 크게 놀라며 말하기를,

"상공이 나를 얻으신 것은 한갓 색을 취하시려는 것이 아니라 아들을 얻고자 하심인데, 만일 내가 딸을 낳으면 낳지 않은 것만 못할 것이니 이를 장차 어쩌면 좋겠느냐?"

십랑이 가로되,

"천한 이 몸이 일찍이 산중에 들어가 이인(里人)을 만나 복중에 든 여태

(女胎)를 남태(男胎)로 변하게 하는 비법을 배워 여러 사람에게 시험하였더니 영험하기가 백발백중입니다. 낭자께서 만일 아들을 원하신다면 이 묘법을 한번 시험해 보소서."

교씨가 이 말을 듣고 크게 기뻐하며 말하였다.

"그러한 법이 있다면 어찌 시험해 보지 않겠느냐? 만일 성공만 하면 천금을 아끼지 아니할 것이다."

십랑이 그 술법은 아주 어려운 것이라 말하고, 지필묵을 청하여 부적을 여러 장 쓰고 기괴한 비방을 많이 한 후에 교씨의 방안 여러 곳과 잠자리 밑에 감추고 교씨에게,

"훗날 득남하신 것을 축하드리러 오겠사오니 후하신 상금은 그때 주시옵소서."하고 돌아갔다.

세월이 흐르는 물과 같아 어느새 열 삭이 차, 정말 교씨가 아들을 순산하였는데 아이의 얼굴이 깨끗하고 빼어나며 기질이 기이하였다. 한림과 사씨 부인의 기쁨은 이루 말할 것도 없고 비복들까지 기뻐하며 칭송하였다.

교씨가 아들을 낳은 뒤로 한림의 대접이 더욱 두터워지고 그에 대한 사랑이 비할 데 없어 백자당을 떠날 날이 없고, 아이의 이름을 장주(掌珠)라 하여 손안의 보옥같이 여겼다. 사씨 부인 또한 아이에 대한 사랑이 극진하여 자신이 낳은 아이를 대하는 것과 조금도 다름이 없으니 집안 사람들도 그 아이를 누가 낳았는지 알지 못할 정도였다.

때는 마침 늦은 봄이라 동산에 백화가 만발하여 아름다운 경치가 가히 구경할 만하였다.

한림은 천자를 모시고 서원(西苑)에서 잔치를 열어 아직 집에 돌아오지 아니하고, 사씨 부인이 홀로 책상에 의지하여 옛 글을 보고 있는데, 시녀 춘방이 여쭈기를,

"화원 정자에 모란꽃이 만발하였는데 구경할 만하옵니다. 대감께서 아직 조정에서 돌아오시지 않았으니 이때에 화원으로 나가 꽃구경을 하소서."

사씨 부인이 이 말을 반겨 즉시 책을 덮고 옷을 갈아입은 후 시비 오륙 명을 데리고 연보를 옮겨 정자에 이르렀다. 버들 그늘이 정자 난간에 드리우고, 꽃향기를 연못에 젖었으니 화원 안이 매우 고요하여 즐길 만 하였다. 사씨 부인이 시비에게 차를 명하고 교씨를 청하여 함께 봄경치를 구경하려는데, 문득 바람을 타고 거문고 소리가 은은히 들려왔다. 사씨 부인이 괴이히 여겨 귀를 기울여 가만히 들으니, 그 소리가 매우 맑아서 옥쟁반에 진주 구슬 굴러가는 듯 능히 사람의 마음을 움직일 만하였다. 부인이 좌우의 시비에게 묻기를,

"이상하구나. 이 거문고를 누가 타는 것이냐?"

"거문고 소리가 교 낭자의 침소로부터 나는가 싶사옵니다."

"아닐게다. 음률은 아녀자의 할 도리가 아닌데 교 낭자 어찌 그러하겠느냐. 듣는 것이 보는 것만 못하니, 너희는 모름지기 소리 나는 곳으로 가 자세히 알아 오너라."

시비가 부인의 명을 받고 소리 나는 곳으로 가보니, 과연 백자당으로부터 나오는 것이었다. 시비가 가만히 문 밖에서 엿보았더니, 교 낭자가 한 상 가득 음식을 차려놓고 섬섬옥수로 거문고를 희롱하고, 한 미인이 화려한 의상을 하고 마주앉아 노래를 부르고 있었다. 시비가 몇 번이고 자세히 보고 돌아와 사씨 부인께 고하였다.

"교 낭자가 어느 사이에 거문고를 배웠으며 또 노래 부르는 사람은 누구란 말이냐? 내 한번 불러 자세히 물은 후 진위를 가려 좋은 말로 경계하여 다시는 그런 일이 없도록 해야겠구나."

사씨 부인이 시비에게 교 낭자를 부르라 명하였다.

이때 교 낭자는 십랑의 힘과 여러 가지 방예(防豫)에 힘입어 한림의 총애를 낚으려 하여, 음률을 배워 한림을 매혹시켜 농락하고자 하였다.

십랑이 교 낭자를 향하여 가로되,

"낭자, 이제 한림의 사랑을 더 받고자 하면 음률을 배우소서. 거문고와 노래는 장부의 맘을 혹하게 하는 것이니, 거문고 잘 타는 사람을 구하여 스승으로 삼는 것이 마땅할 것이옵니다."

"나 또한 그런 마음이 있으나 그런 사람을 구할 길이 없다. 사람을 찾아보겠느냐?"

"제게는 일찍부터 탄금[32]에 익숙한 동무가 있사온데 가랑이라 하옵니다. 가랑이 탄금과 노래 부르기를 잘하니, 청하여 배우는 것이 어떻겠사

[32] **탄금** 거문고나 가야금을 탐.

옵니까?"

교 낭자가 매우 기뻐하며 바삐 불러오기를 청하니 십랑이 즉시 사람을 보내 가랑을 불러왔다. 가랑은 원래 아랫방 계집으로 온갖 노래와 탄금을 잘하기로 유명하였다. 가랑이 부름을 받고 매우 기뻐하여 비자를 따라 교 낭자의 침소에 찾아와 곧 뜻을 맞추어 사귀었다. 교 낭자가 가랑을 스승으로 삼아 음률을 배우기 시작하였는데, 본디 영리하고 총명하므로 일취월장[33]하여 고금의 음률 중에 모를 것이 없었다. 교 낭자는 가랑을 협실에 감추어 두고 한림이 조정에 나가고 없는 틈을 타 음률을 배우고, 한림이 집에 있을 때는 배운 노래와 탄금으로 한림을 농락하니, 한림이 교씨 사랑하기를 날로 더해 사씨 부인의 침소에 드는 날이 날로 적어 졌다.

그날도 한림이 조정에 나가고 집에 없으므로 술과 음식을 차려 가랑과 함께 즐기며 거문고와 노래를 주고받고 있다가, 시비가 와 사씨 부인의 명을 전하며 함께 가기를 재촉하자, 바삐 술상을 치우고 시비를 따라 화원에 이르렀다. 사씨 부인이 좋은 낯으로 자리에 앉히고 물었다.

"교랑의 침소에 있는 그 미인이 누구더냐?"

"그 여자는 저의 사촌 아우입니다."

사씨 부인이 정색하여 엄숙히,

"아녀자의 행실은 출가하면 시부모를 봉양하고 군자를 섬기는 여가에 자식을 엄숙히 가르치고 아랫것을 은혜로 부리는 것이 아닌가. 아녀자가

---

[33] **일취월장** 날로 달로 자라거나 나아짐.

음률을 행하고 노래로 소일하면 집안의 법도가 자연히 어지러워지니, 그
대는 깊이 생각하여 두 번 다시 그런 일을 하지 말 것이며, 그 여자는 집으
로 돌려 보내게나, 그리고 내가 이렇게 말하는 것을 고깝게 생각 말게."

"배움이 적어 허물을 깨닫지 못하였으나, 부인의 경계하시는 말씀을 듣
고 깨달았나이다. 뼈에 새기고 마음에 새겨 영원히 잊지 않겠나이다."

사씨 부인이 재삼 위로하며,

"내 그대를 아끼므로 간절한 마음으로 충고하였으니 명심하고, 훗날 내
게 허물이 있거든 그대도 또한 일러 깨닫게 해주게."

그리고 교씨와 더불어 종일 담소하며 즐기다가 날이 저물어서야 파하였
다.

그날, 유 한림이 잔치를 파하고 서원에서 돌아와 백자당에 들었는데 술
이 취하여 잠을 이루지 못하다가 난간에 빗겨 서서 주위를 둘러보니, 달빛
은 낮처럼 환하고 꽃향기는 무르녹아 취흥이 돋는지라 교씨에게 노래를
한 곡 청하였다.

"바람이 차서 몸이 아파 부르지 못하겠사옵니다."

교씨가 일부러 사양하였더니 한림이,

"아녀자의 도리는 가부(家夫)가 죽을 일을 하라 하여도 어기지 말고 반
드시 명을 받들어야 하거늘, 병을 빙자하여 명을 거스르다니 이것이 어찌
아녀자의 도리겠느냐?"

"첩이 아까 심심하여 노래를 한 곡 불렀는데 부인께서 듣고 책하시며
'요사스런 노래로 집안을 시끄럽게 하고 상공을 미혹하니, 네 만일 이후에

또다시 노래를 하면 혀를 끊거나 벙어리 만드는 약을 먹일 것이다' 하였나이다. 첩이 본디 가난한 집 자식으로 상공의 은혜를 입어 부귀영화를 이렇 듯 누리니 비록 지금 죽어도 한이 없사오나 만일 첩 때문에 상공의 덕에 누가 되면 어찌하오리까?"

한림이 크게 놀라 내심,

'부인이 스스로 늘 투기하지 않겠다 하였고, 또 교씨를 후하게 대접하며 한 번도 교씨를 나쁘게 말하는 법이 없었다. 그런데 이제 교씨의 말을 들으니 집안에 무슨 일이 있었음에 틀림이 없구나.' 라고 생각되어 교씨를 위로하여,

"너를 집안에 들인 것은 모두 부인이 권한 일이고, 일찍이 너를 극진히 대접하여 한 번도 얼굴빛이 변하는 것을 보지 못하였다. 아마 비복들이 참언(讒言)[34]을 꾸며내어 만든 일일 것이다. 부인은 본디 유순하여 결코 네게 나쁜 일을 하지 않을 터이니, 부질없는 염려를 말고 안심하여라."

교 낭자 내심 불만이 가득하나 어쩔 수 없이 그러겠노라 하였다. 속담에도 '범은 그리나 그 뼈는 그리기 어렵고, 사람은 사귀나 그 속마음은 알기 어렵다' 하였으니, 교씨가 교언영색[35]하여 겉으로는 공손한 태도를 보이니, 사씨 부인이 교씨의 겉모습과 속마음이 다른 것을 어찌 알았겠는가? 다만 음탕한 노래가 장부를 미혹할까 염려하며 교씨를 진심으로 경계하려 한 것이며 조금도 투기하는 마음이 아니었거늘, 교녀 문득 한을 품고 교묘

---

[34] **참언(讒言)** 거짓 꾸며서 남을 헐뜯는 말.
[35] **교언영색** 남의 환심을 사려고 번지르르하게 발라 맞추는 말과 알랑거리는 낯빛.

한 말을 지어내어 집안의 분란을 일으키니, 교녀의 요사스럽고 악랄함이 이와 같았다.

하루는 납매가 사씨 부인 시비들과 같이 어울려 지내다가 백자당으로 돌아와 교씨에게 말하기를,

"지금 추향의 말을 듣고 왔는데 부인께서 태기가 있으신 듯하다 하옵니다."

교씨가 이 말에 크게 놀라 말하였다.

"성친한 지 십 년이 지난 이제야 잉태를 하였다 하니 참으로 희한한 일이다. 혹시 월사(月事)가 불순하여 그런 헛소문이 난 것 아니냐?"

그가 겉으로는 아무렇지도 않은 체 말하였으나 속으로는,

'사씨가 정말 잉태하여 아들을 낳는다면 나는 정말 하릴없이 될 것이니, 이 일을 어떻게 하면 좋단 말인가.' 하였다.

교씨가 혼자 애를 태우는 동안 사씨 부인의 태기가 확실해져 온 집안이 모두 기뻐하였다. 다만 교씨 혼자만 시기하는 마음을 참지 못하여 기쁘게 여기지 않고 납매와 짜고 여러 차례 낙태시킬 약을 사씨 부인의 약에 넣어 드렸으나 어쩐 일인지 그 약만 마시면 구역이 나서 토해버렸으니, 이는 천지신명이 도우신 것이라 더 이상 간악한 수단을 쓸 도리 없었다.

사씨 부인이 달이 차 아들을 낳으니, 골격이 비범하고 신체가 준일[36]하였다.

---

[36] **준일** 재능이 썩 뛰어남. 또는 그런 사람.

이에 한림이 크게 기뻐하며 이름을 인아라 하였다. 인아가 점차 자라 장주와 어울려 함께 놀았는데 인아가 비록 나이 어리나 그 씩씩한 기상이 장주의 가냘픈 나약함과는 현저히 달랐다. 한 번은 한림이 밖에서 들어오다 두 아이가 노는 것을 보고 먼저 인아를 안아 어루만지며,

"인아야, 너의 이마가 흡사 선인을 닮았구나. 훗날 네가 자라 필시 우리 가문을 빛낼 것이다."하고 내당으로 들어갔다.

장주의 유모가 그것을 보고 들어와 교씨에게 고하여 말하기를,

"상공께서 인아만 안아주고 장주는 돌아보지도 않았나이다." 하며 눈물을 흘리니 교씨 또한 속을 태우며 깊이 생각하였다.

"사씨의 용모와 자질이 나보다 뛰어나 내 용모와 자질이 모두 사씨에게 미치지 못한다. 더욱이 적실과 첩의 차이가 엄연하거늘 다만 내게 아들이 있고 사씨에게 아들이 없어 상공의 은총을 받은 것인데 이제 사씨가 아들을 낳아 그 아이가 이 집의 주인이 될 것이라, 내 아들의 신세가 이제는 곁다리에 불과하게 되었구나. 부인이 비록 좋은 얼굴로 나를 대하기는 하나 그 심정은 알 수 없으니 만일 부인이 간사한 짓을 하여 상공의 마음이 변하면 나의 앞날은 어떻게 될 것이냐?"

교씨가 십랑을 다시 청하여 의논하였다. 십랑이 그전에 교씨가 내리는 금은보화를 많이 받았으므로 이미 심복이 되어 교씨의 못된 짓을 돕고 있었던 터였다.

하루는 한림이 퇴궐하여 집에 돌아왔더니, 이부 석낭중에게서 한 통의 편지가 와 있었다.

자신의 집에 기거하고 있는 동청이란 자를 천거하는 편지로 동청은 소주 사람으로 선비가문 출신인데 조실부모하여 재주가 있는 인물이나 과거를 보지 못하고 여기저기 떠돌고 있었으나, 민첩하고 글씨가 뛰어나니 한번 시험하여 집에 두고 부리라 하는 내용이었다.

원래 동청은 행동거지가 일정치 못하고 무뢰배와 결탁하여 주색과 도박을 일삼아 가업을 탕진하여 생계가 막막한 신세였다. 결국 고향을 떠나 객지를 떠돌다 권귀부호가(權貴富豪家)의 식객이 되었는데, 청의 인물이 잘나고 언변이 좋고 글씨를 잘 쓰므로 처음에는 누구에게든지 신임을 받았다. 하나 조금만 지나면 그 집 자제를 유인하고 처첩을 도적질하여 종내에는 쫓겨나게 되니 천하를 통틀어 도저히 용납이 안 될 위인이었다.

석낭중이 제집까지 굴러 들어와 지내던 동청의 간악함을 이미 알았으나 이번에 외임으로 떠나게 되니 구태여 그 악함을 드러낼 필요가 없다 여겨 좋은 말로만 한림께 천거를 한 것이었다. 한림이 마침 적당한 서사를 한 사람 구하던 터라 석낭중의 편지를 본 즉시 동청을 불러들여 보았더니, 얼굴과 차림새가 영민하고 질문을 하면 물 흐르듯 답이 술술 나오는지라 크게 기뻐하며 문하에 두고 서사의 소임을 맡겼다. 동청이 글씨를 잘 쓰고 성질이 교활하고 민첩하여 매사에 공의 뜻을 잘 맞추니, 한림이 그를 크게 믿어 일마다 그의 말을 좇았다.

어느 날 사씨 부인이 한림께 간하기를,

"첩이 들으니 동청의 위인됨이 정직하지 못하다 합니다. 쉽게 믿어서는 안 될 일이옵니다. 그전 머물던 곳에서 요약한 짓을 무수히 저질러 그 일이 탄로나 도망쳐 떠돌다가 이리 왔다 합니다. 하니 상공, 그를 오래 데리고 계시지 마시고 얼른 내보내십시오."

"내 이미 풍편에 그 말을 들었소. 하나 그 말이 옳은지 그른지 알 수 없는 노릇이고, 또 내가 그에게서 친구의 도리를 얻으려는 것이 아니라 다만 그의 글쓰는 재주만을 구하는 것이니 그의 어질고 아님을 의논하여 무엇하겠소."

"상공께서 비록 그 사람과 친구의 도를 나누자는 것이 아니오나 부정한 무리와 어울리면 자연히 물들 것입니다. 그런즉 이런 부정한 사람을 집안에 두셨다가 혹여 집안의 법도를 어지럽게 하여 지하에 계신 구고의 가법을 더럽힐까 두렵습니다."

"부인의 말씀이 과연 도리에 어긋남이 없으나 세상 사람들이 원래 남 비난하기를 좋아하지 않소. 오래 두고 보아 잘 조처하겠으니 부인은 염려 마시고 집안의 비복들이나 불쌍히 여기는 마음으로 위로하고 그들의 살림살이를 보살펴 집안의 법도에 어지러움이 없도록 하시오."

부인이 상공의 말을 다 들은 후 한림의 말을 이상히 여겼으나 교씨의 참소[37] 때문에 한림이 부인을 의심한 것을 모르고 다만 인사하고 물러났다.

이후 한림이 동청에게 서사를 맡기고 그의 행동을 모두 가만히 살폈다. 동청은 그 위인됨이 간교하고 교활하여 한림의 뜻을 잘 맞추어 무슨 일을 맡기든 잘 해내니 한림이 사씨 부인의 말을 생각하지 않고 마음을 놓고 일

---

[37] **참소** 남을 헐뜯어서 없는 죄를 꾸며 고해 바침.

을 모두 맡겼다.

교씨는 사씨 부인을 시기하여 한림에게 여러 번 참소하였으나 상공이 모르는 기색이라 교씨가 크게 실망하여 십랑을 불러다 사씨 부인을 해칠 간계를 물었다. 십랑이 한참 동안 생각하다가 교녀의 귀에 입을 대고 귀엣말로 여차여차하면 사씨를 없앨 수 있으니 어찌 그 일로 근심하겠나이까 하였다.

"서둘러 행하여라."

십랑이 요매(妖魅)한 물건을 만들어 사방에 두루 묻고 교씨의 심복인 시비 납매를 불러 할 일을 일러주었는데 교씨와 십랑과 납매가 서로만 알고 아무도 이 일을 아는 사람이 없었다. 하루는 한림이 입번하였다가 여러 날만에 집으로 돌아왔는데, 집안의 모든 사람들이 창황히 오가며 장주의 병이 깊다는 말에 놀라 백자당으로 향하였다.

교녀가 한림을 보고 울며 가로되,

"장주가 갑자기 병이 시작되어 깊어지니, 이는 심상치 아니한 일이옵니다. 증세를 보니 체중이나 감기 따위가 아니옵니다. 필시 집안의 누군가가 방자[38]를 행하여 귀신이 난리를 일으킨 것이 아닌가 하옵니다."

한림이 장주의 병세를 살펴보니, 과연 헛소리를 하고 정신을 잃어 매우 위태로웠다. 납매를 불러 약을 지어 얼른 달여 먹이라 이르고, 동정을 살폈으나 조금도 차도가 없으니 한림은 크게 우려하고 교씨는 울기를 멈추

---

[38] **방자** 남이 못 되기를 바라 재앙을 내리도록 귀신에게 비는 짓.

지 않았다.

한림의 총명이 점점 사라져 가니 교씨의 온갖 말과 미혹이 계속되어 마음이 이미 정결치 못하였으니, 이 어찌 안타깝지 않겠는가! 사씨 부인의 성덕이 높아 옛사람의 덕에 비할 바 아니거늘 교씨 같은 요사한 사람이 들어와 집안을 어지럽히니, 어찌 애석하지 않겠는가!

교녀가 사서 동청과 함께 몰래 사통하였으니 마치 한 쌍의 요물이 교합하는 것과 같았다. 백자당이 외당과 담장 하나로 갈라져 있고 화원 문의 열쇠 또한 교녀가 가지고 있었던 터라 한림이 내당에서 자는 날이면 교녀는 동청을 불러다 동침하였다. 은밀히 이루어진 일이라 시비 납매 외에는 아무도 알지 못하였다.

이때 한림이 장주의 병이 심상치 않아 심히 염려하였는데, 교녀가 저도 병을 칭하고 음식을 폐하고 밤이면 더욱 슬퍼하며 우니, 한림이 이 또한 근심하였다. 하루는 납매가 부엌에서 청소를 하다가 괴이한 물건 한 봉을 얻어다 가져와 보이니, 한림이 교녀와 함께 이것을 보고 얼굴색이 흙빛으로 변하여 말을 못하고 앉아만 있었다.

교녀가 짐짓 울며,

"첩이 열여섯 살에 이 집에 들어온 후로 한 번도 원수질 일을 한 적이 없는데 어떤 사람이 우리 모자를 이렇게 모해하는가?" 하고 하소연하였다.

한림이 그 물건을 다시 한 번 보고도 입을 다문 채 아무런 말이 없었다.

"상공, 이 일을 어찌 하시렵니까?"

한림이 한동안 잠자코 있다가 말하기를,

"비록 간악한 일이긴 하나 집안에 다른 잡인이 드나들 여지가 없으니 누구를 지목하겠느냐? 이런 요매한 물건은 태워 없애버리는 것이 좋겠다."

교녀는 깊이 생각하는 척하였다.

"상공의 말씀이 옳사옵니다."

한림이 납매에게 불을 가져오라 명하여 뜰 앞에서 그 요망한 물건을 태워버리고 이 일을 일절 누설치 말라고 명하였다.

한림이 나간 후 납매가 교녀에게 묻기를,

"낭자, 어찌 상공의 의심을 돋우지 아니하고 일을 그르치나이까?"

"상공의 마음에 의심을 심은 것만으로도 충분하다. 너무 급히 서둘다가는 도리어 해로울 것이다. 상공의 마음이 이미 움직이기 시작하였으니 이제 때를 기다리기만 하면 되리라."

한림이 보니 방자한 그 물건에 쓴 글씨가 사씨 부인의 필적이 분명하여 그 일을 캐면 자연히 집안에 난처한 일이 있을 듯하여 불살라 버리도록 한 것이었다. 하나 그것은 교녀가 동청에게 사씨 부인의 필적을 본뜨게 하여 만든 것이었다.

하지만 사정을 모르는 한림이 속으로 생각하였다.

'지난번에 교씨가 사씨 부인이 투기한다 하였으나 믿지 않았더니, 이런 짓을 할 줄이야 어찌 알았겠는가. 교씨를 얻은 것도 당초에 자식이 없으므로 부인이 나서서 얻게 하더니, 이제는 스스로 자식을 얻으니 그런 독한 계교를 지었구나. 밖으로는 인의를 베푸는 체하고 안으로는 간악함을 품

고 있음이다.'

그 다음부터 한림이 사씨 부인을 대접하는 것이 전과는 달라졌다.

이때 사 급사 댁에서 사 부인의 환후가 매우 깊어 딸자식을 한 번 보고자 편지를 보냈다.

사씨 부인이 크게 놀라 한림께 고하여 가로되,

"어머님의 병환이 위중하시다니 만일 지금 뵙지 못하면 평생 다시 없을 한이 될 듯합니다. 상공께서 허락하시면 다녀올까 합니다."

"장모님의 환후가 위중하시다니 얼른 가 뵙는 것이 마땅하니 어찌 만류하겠소. 나도 틈을 내어 한 번 가서 문안 드리겠소."

서둘러 옷을 갖춰 입고 인아와 함께 한림에게 하직인사를 하고 교씨를 불러 가사를 부탁하였다. 신성현에 이른 사씨 부인이 본부에 들어가니 두 모녀가 오랫동안 보지 못하다가 서로 만나 매우 기뻐하였다. 사씨 부인은 모친의 환후가 자못 위태하여 집으로 돌아가지 못하고 신성현에 머물러 모친의 병구환을 하였으나 환후가 쉬 낫지를 않아 어느새 수개월이 흘러 갔다.

한림은 원래 한가로운 벼슬이라 틈을 내어 빈번히 신성현 사부에 드나들며 문안하였다. 그러다 산동·산서·하남 지방에 흉년이 들어 백성들이 사방으로 떠돌게 되었는지라 천자께서 들으시고 크게 근심하시어 조정의 명망이 있는 신하 셋을 불러 세 길로 나누어 보내시며, 백성들의 어려움을 살피라 하시니, 한림이 뽑혀 산동으로 가게 되었다. 한림이 서두르다 미처 부인을 보지 못하고 그냥 떠나게 되었다.

한림이 집을 떠난 후 교씨는 더욱 방자해져 엄연한 부부처럼 동청과 어울려 지냈다. 하루는 교씨가 동청에게,

"사씨가 집을 떠난 지 오래고, 이제는 상공마저 멀리 나가고 없으니 계획을 꾸며 행할 좋은 때요. 어찌하면 장차 사씨를 없앨 수 있겠소?"

"내게 묘책이 하나 있는데, 사씨를 능히 집에서 쫓아낼 수 있을 것이오."

동청이 남이 듣지 못하도록 조용히 말하여, 이리이리함이 어떻겠는가 하고 물으니 교씨가 듣고 크게 기뻐하였다.

"낭군의 묘책이 참으로 놀라와 귀신이라도 알지 못하겠소. 그러나 그것을 누구에게 하라 하면 좋겠소?"

"내가 믿는 친구가 하나 있소. 냉진이라 하는데 재주가 뛰어나고 눈치가 빠르니 일이야 마땅히 성사될 것이나 사씨가 아끼는 보물을 얻어야 되는데 그 일이 쉽지 않을 것이오."

"사씨의 시비 설매는 납매의 동생이라오. 그 계집을 꾀어 얻어냅시다."

교씨가 납매를 시켜 조용한 때를 타서 설매를 불러 후히 대접하고 금은 보화를 주어 달래며 계책을 일러주었다.

"사씨 부인이 패물을 넣어 둔 상자는 골방에 있으나 열쇠가 있어야 하는데 그 열쇠를 어디 두셨는지 모르겠습니다. 그런데 그 패물을 어디에 쓰려고요?"

"어디에 쓸 것인지는 알 것 없고 입 조심하여 말을 삼가거라. 만일 니가 입을 열어 누설하면 우리 둘 다 살지 못할 것이다."

납매가 당부하고 열쇠 여럿을 내주며,

"상공이 늘 보시어 곧 알아볼 만한 물건을 얻고자 하는 것이다. 그것들 중에 맞는 것이 있을 것이니 상자를 열어 패물을 꺼내오너라."

설매가 즉시 열쇠를 감추고 몰래 들어가 가만히 상자를 열고 옥지환을 훔쳐내고는 상자를 원래대로 다시 덮은 다음 서둘러 나와서 즉시 교씨에게 전하였다.

"이것은 유씨 댁에 대대로 전해오는 물건으로 사씨 부인과 상공이 가장 중히 여기는 것이옵니다."

설매가 가져온 물건을 보고 교씨는 크게 기뻐하며 큰 상을 주고 동청과 함께 간계를 행하려 하였더니, 때마침 사씨 부인을 모시고 신성현에 갔던 하인이 돌아와 사 부인의 별세하심을 전하며 가로되,

"사공이 아직 어리시고 다른 가까운 일가 친척이 없으셔서 부인께서 손수 초상을 치르시고 장사를 지내시고 계시옵니다. 부인께서 교 낭자에게 가사를 착실히 살피라 하셨사옵니다."

교씨가 납매를 보내 극진히 위문하는 척하고 다른 한편으로는 동청을 재촉하여 빨리 일을 행하라 하였다.

한림이 산동 지방에서 일을 보다가 하루는 주점에 들어가 음식을 먹고 있었다. 그때 청년 하나가 주점으로 들어와 한림을 보고 읍하거늘[39] 한림이 답례하며 좌정하고 그를 바라보다 그 사람의 풍채가 훌륭하여 그 이름

---

[39] **읍하거늘** 두 손을 맞잡아 얼굴 앞으로 들고 허리를 공손히 구부렸다가 펴면서 두 손을 내리는 인사법.

자를 물었다.

"소생은 남방 사람으로 냉진이라 합니다. 존사의 높으신 존함을 들었으면 합니다."

한림이 자신의 이름을 말하지 않고 다른 이름을 대고 민간 물정을 물었더니, 그 대답이 분명하여 내심 기뻐하며 생각하였다.

'매우 아름다운 사람이구나!'

한림이 냉진에게 다시 묻기를,

"어디로 가시는 길이오? 형이 비록 남방 사람이라고 하였으나 억양이 서울 사람 같소이다."

"소제는 본디 외로운 신세로 뜬구름처럼 정처없이 동으로 서로 떠돌며 지내는지라 서울에 수년을 지냈소이다. 올 봄에 신성현이라 하는 곳에서 반년을 지내고, 이제 고향으로 가는 길인데 며칠이나마 길동무를 얻었으니 다행이 아닌가 하오이다."

"나도 심사가 울적한 사람이라, 마침 형을 만나 다행이오."

두 사람이 서로 술을 권하여 먹고 마시며 같이 동행하여 객점에 들어가 쉬었다. 이튿날 새벽에 길을 떠나려 할 때, 한림이 보니 그 사람의 속옷고름에 옥지환이 매여 있어, 매우 이상히 여겨 자세히 살폈더니 역시 눈에 익은 것이라 의심이 들어 물었다.

"내 마침 서역 사람을 만나 옥을 분별하는 법을 배웠는데, 지금 형이 가진 옥지환을 보니 예사 옥이 아닌가 싶소이다. 어디 한 번 구경이나 시켜 주시오."

냉진은 그것을 보인 것을 뉘우치는 듯 머뭇거리다가 끌러주었다. 한림이 받아보니 그 옥의 빛깔과 생김새가 사씨 부인의 옥지환이 분명하여 더욱 더 의아한 마음에 다시 자세히 살폈더니 푸른 털로 동심결[40]을 맺은 것이 있지 않은가! 한림의 마음속에 의심이 일어 청년에게 물었다.

"과연 좋은 보배로세. 이것을 어디서 얻었소이까?"

냉진은 짐짓 슬픈 빛을 띠고 대답하지 않고 옥지환을 도로 거두어 고름에 찼다. 한림이 더욱 알고자 하는 마음에 다시 물었다.

"형의 옥반지가 반드시 까닭이 있는 것 같소이다. 그 사연을 얘기한들 무슨 해가 되겠소?"

청년이 한참을 망설이다,

"북방에 있을 때에 마침 아는 사람이 준 것이라오. 사연을 알아서 무엇할 것이며, 또 다른 무슨 곡절이 있겠소이까?"

한림이 생각하기를,

'저 사람의 말이 매우 의심스럽구나. 옥지환은 분명히 사씨의 것이고, 또 신성현으로부터 왔다 하니, 혹시 비복 중의 누군가 훔쳐 이 사람에게 판 것이나 아닌가?' 하였다.

한림이 냉진이 가진 옥지환의 유래를 알고자 일부러 여러 날을 같이 동행하니 자연스레 정이 생겨 친해진 후 냉진에게 물었다.

"형의 옥지환에 동심결 맺은 사연을 아직 말하지 않았소이다. 그러니 어

찌 친구의 정이라 하겠소?"

청년이 짐짓 주저하는 듯하다가 말하였다.

"형과 서로 정이 깊었으니 이야기를 하여도 해롭지 않을 것이오만, 다만 정을 나눈 사람의 일이니 더 이상 묻지 마시오."

"그처럼 정깊은 사람이 있는데 어찌하여 같이 살지 않고 남방으로 길을 떠나시오?"

"원래 좋은 일에는 마가 끼고 조물이 시기하여 아름다운 인연은 두 번 오지 않는다 하였소. 옛글에 이르기를, '규문에 들어가는 것은 깊은 바다에 들어가는 것과 같다' 하였으니 바로 그 소저를 두고 말하는 것이라오. 그러니 어찌 탄식하지 않겠소!"

냉진이 슬픈 기색을 보이며 말을 마쳤다.

"형은 참 정이 많은 사람이구려."

이날 두 사람은 종일토록 술을 마시며 놀다가 이튿날 아침에 각자의 길을 떠났다.

아아, 그 누가 알겠는가. 그 청년이 본시 어떤 사람이며 사씨 부인의 앞날이 장차 어찌 될 것인가를?

한림이 길을 떠나 산동지방을 암행하는 중에 냉진이 지닌 옥지환을 보고 사정을 자세히 알지 못하니 크게 의심하는 마음이 솟았다.

'세상에 알 수 없는 일이 참 많구나. 혹시 비복이 도적질해서 밖으로 내간 것인가?'

의심하고 걱정하는 마음이 천갈래만갈래라 계속 심란해 하다가 반년 만에 나라일을 다 마치고 서울로 돌아왔더니, 사씨 부인 역시 집에 돌아온 지가 오래되었다.

한림이 부인과 더불어 서로 눈물을 흘리며 장모의 별세를 알고 슬퍼하며 조상한 후 교씨와 장주, 인아 두 아이를 만나 그리움의 회포를 풀었다. 그리곤 한림이 갑자기 청년 냉진이 가지고 있던 옥지환 일을 생각하고 얼굴빛이 변하며 사씨에게 물었다.

"부인, 전날 아버님께서 주신 옥지환을 어디 두었소?"

"패물 상자 속에 간직해 두었는데 어이 물으십니까?"

"암행길에 이상한 일이 있어 내 그것을 보았으면 하오."

사씨 부인도 역시 이상히 여겨 시비에게 상자를 가져오라고 시켜 열어 보았더니, 다른 것은 다 그대로 있으나 옥지환이 없었다. 사씨가 크게 놀라 혼자 말하기를,

"내 분명히 여기 두었는데, 이게 무슨 일인고?"

한림이 안색이 변하여 아무 말도 않으니, 사씨가 가로되,

"옥지환이 어디 있는지 상공께서 아십니까?"

한림이 성내며,

"그대가 그것을 남에게 주어 놓고 내게 묻는 것은 어찌된 일이오?"

사씨가 이 말을 듣고 부끄럽고 분하여 아무 말도 못하고 앉았는데 갑자기 시비가 고하기를,

"두 부인이 오셨나이다." 하였다.

한림이 황망히 일어나 두 부인을 맞아들여 절하고 먼 길을 무사히 다녀

옴을 서로 기뻐하고 위로하였다. 한림이 두 부인을 향하여,

"집안에 큰 변이 생겨 곧 숙모께 상의하러 가려던 참이었습니다."

"무슨 일이냐?"

곧 한림이 냉진이 한 말과 겪은 일을 이르고,

"그 일이 심히 괴이하여 집에 돌아와 옥지환을 찾았는데, 과연 옥지환이 없으니 집안의 큰 불행이라 장차 이 일을 어찌하면 좋겠습니까?"

사씨가 옆에서 이 말을 듣고 혼비백산하여 눈물을 흘리며,

"첩의 평소의 행실이 옳지 못하여 공께서 저를 이렇듯 추한 행실을 하였다 의심하시니 첩이 무슨 면목으로 세상 사람을 대하겠습니까? 첩을 죽이건 살리건 공의 뜻대로 하소서. 다만 옛날에 이르기를, '어진 군자는 참언을 믿지 말고 참소하는 사람을 시호(豺虎)[41]에게 던지라' 하였으니, 원컨대 공께서 깊이 살피시어 억울한 일이 없도록 하여 주십시오."

두 부인이 사씨의 말과 한림의 말을 다 듣고 크게 성을 내며,

"너의 총명이 선친께 비하여 어떠하냐?"

"어찌 선친을 따르겠습니까?"

"내 돌아가신 오라버니가 본디 지감(知鑑)[42]이 있고, 또 천하의 일을 모를 것이 없이 지내셨다. 그런 분이 늘 사씨를 칭찬하며, '나의 자부는 천하에 기특한 열부라' 하셨다. 또 돌아가시며 너를 내게 부탁하며 '연수가 나이 어리니 만사를 가르쳐 그른 곳에 빠지지 말게 하라' 하셨고, 자부에게

---

[41] **시호(豺虎)** 승냥이와 호랑이.
[42] **지감(知鑑)** 사람을 잘 알아보는 능력.

는 '아무 경계할 것이 없다' 하셨으니, 이는 사씨의 착한 행실과 정숙한 덕을 능히 아신 것이다. 아버님의 말씀이 아니라 하더라도 너의 총명으로도 능히 짐작할 일이거늘, 하물며 선형의 지감과 사씨의 절행에 이 같은 누명을 입혀 옥 같은 아내를 의심하느냐? 이는 필시 집안에 악인이 있어 사씨를 모함하거나, 시비 중에 도적이 있어 옥지환을 훔쳐낸 것이다. 그것을 엄중히 조사하여 밝혀내지 않고 어찌 이처럼 어리석은 의심을 하느냐?"

"숙모의 말씀이 지당하옵니다."

한림이 즉시 형장기구를 갖추고 시비 등을 엄중하게 문초하였다. 죄 없는 시비는 당연히 죽어도 모른다고 하고, 죄지은 설매는 바른 대로 고하면 죽을 것을 겁내어 끝까지 자백하지 않으니, 범인은 결국 종적을 알 수 없고 두 부인은 할 수 없이 집으로 돌아갔다.

사씨 부인은 누명을 깨끗하게 벗지 못하였으니 스스로 죄인이라 자처하였고, 한림은 한림대로 참언을 하도 많이 들어 사씨에 대한 의심을 풀지 못하니 교씨가 혼자 몰래 기뻐하였다.

한림이 교씨와 함께 사씨의 일을 의논하였다.

"두 부인의 말씀이 옳은 듯하나 또한 공정치는 않으셔서 항상 사씨 부인만 너무 드러내어 칭찬하시고 상공을 심히 야단하시니 체면이 없어 민망하옵니다. 옛날 성인들도 속은 일이 많았다 하지 않습니까? 선친이 비록 고명하시기는 하나 사씨 부인이 들어오신 뒤 오래지 아니하여 별세하셨으니, 어찌 부인의 속마음을 잘 아셨겠사옵니까? 임종시에 유언하신 말씀은 다만 상공을 경계하고 부인을 권장하신 말씀이시거늘, 두 부인이 항상 이 말씀을 빙자하여 상공께 일마다 부인께 상의하여 처리하라 하시니 어찌 편벽[43]되지 않겠사옵니까?"

"사씨가 평소에 행실이 바르니 나도 또한 그런 일은 없을 줄 알았더니, 지금은 의심하지 않을 수 없구나. 지난번 장주가 병이 났을 때 방자한 글이 사씨의 필적 같았으나 혹여 누군가의 참언인가 하고 즉시 불살라 버리게 하고 네게도 말하지 않았었다. 그런데 이런 일이 있으니 앞으로 사씨를 어찌 믿겠느냐?"

"그러면 부인을 어쩌시렵니까?"

"아직 명백한 증거가 없으니 어찌 벌로 다스리겠느냐? 또 선친께서 사랑하셨고, 숙모께서도 그를 힘써 두둔하시니 섣불리 행동할 수는 없는 노릇이다."하니 교씨가 불만스러워 아무 말도 하지 않았다.

이때 교녀가 잉태하여 열 삭이 차 남아를 낳으니, 한림이 기뻐하며 봉추(鳳雛)라고 이름짓고 교씨가 낳은 두 아이를 사랑하기를 장중보옥같이 하였다.

하루는 교녀가 한림의 없는 때를 타서 동청과 더불어 흉계를 꾸몄다.

"전날 쓴 꾀는 참으로 용하였소. 하지만 공이 넘어가지 않아 일을 이루지 못하였소. 옛말에 '풀을 베는 자리에서 뿌리를 없애라' 하였으니 장차 어찌하면 좋겠소. 또 사씨가 두 부인과 함께 옥지환의 내막을 찾을 것이니 만일 일이 누설되면 그 화를 어찌 피하겠소?"

---

[43] **편벽** 마음이 한쪽으로 치우침.

"두 부인이 사건을 극력히 추궁하려고 할 것이니, 낭자께서는 두 숙질간에 참소를 지어내어 서로 이간토록 하시오."

"나도 그런 생각을 아니한 것이 아니나 상공이 평소에 두 부인 대하기를 부모같이 하여 그 뜻을 거스르지 않고 언제나 순종하니, 성사시키기가 어려울 듯하오."

"그러면 두고두고 생각하여 묘책을 알아봅시다."

두 부인이 사씨를 위해 사람을 시켜 옥지환이 없어진 연유에 대하여 알아오게 하였으나 결국 찾지 못하였다. 부인이 마음으로 헤아려 보니 아무래도 교녀의 간계인 듯하나 단서를 잡지 못하여 그 마음이 답답하여 잠을 이루지 못하였다. 이때 아들 두억이 장사 부총관에 임명되어 두 부인이 아들을 따라 장사로 가게 되었다. 두 부인의 마음은 기뻤으나 한편 홀로 남은 사씨의 외로움을 염려하여 마음이 놓이지 않았다. 두억이 부임할 날이 다 되어 장사로 떠나려는 날 한림이 두 부인 모자를 청하여 전송 잔치를 열었는데 그 자리에 사씨가 참석하지 않았다. 이에 두 부인이 자못 울적하여 한림에게 원망하며 말하였다.

"오라버니가 별세하신 후 현질과 더불어 서로 의지하여 지냈는데, 이제 뜻밖에 만리의 이별을 당하니 어찌 섭섭하지 않겠느냐. 내 현질에게 부탁할 말이 있는데 들어주겠느냐?"

한림이 황망히 일어나 꿇어앉으며 가로되,

"소질이 비록 무상(無狀)하오나 어찌 감히 숙모의 말씀을 거역하겠습니까? 무슨 말씀인지 들려주십시오."

"사씨의 현덕은 마치 일월과 같으니, 네가 깊이 깨닫지 못하는 것이 한이 되는구나. 내가 집을 떠난 뒤 또 무슨 일이 있더라도 참언을 곧이듣지 말고 미혹에 빠지지 말거라. 만일 불미한 일이 생기거든 편지를 보내거라, 그리고 내 의견이 있을 때까지 과히 처리하지 말아서 훗날 뉘우칠 일이 없게 하거라."

"숙모의 말씀을 명심하여 행하겠습니다."

두 부인이 시녀를 불러 물었다.

"사씨 부인은 지금 어디 계시느냐? 나를 그리로 인도하여라."

시비가 두 부인을 사씨가 있는 곳으로 모셔갔다. 두 부인이 가서 보니 사씨가 머리는 흐트러뜨리고 옥안[44]은 초췌한 것이 온 몸이 약해져서 입은 옷의 무게조차 이기지 못하는 듯하였다. 두 부인이 이 모습을 보고 가슴을 칼로 베이는 듯 애처로웠다.

사씨가 두 부인이 찾아오자 반기며 인사를 올렸다.

"숙숙[45]이 영귀하셔서 부인께서 좋은 행차를 하시니 죄첩이 마땅히 존하에 나아가 하직 인사를 드려야 하오나 이 몸이 만고의 큰 누명을 써 나가 뵙지 못하였습니다. 이에 혹여 다시는 못 뵐까 무궁한 한으로 여겼더니, 천만 의외에 이같이 왕림하여 주시니 죄송하옵니다."

두 부인이 눈물을 흘리며,

---

44. **옥안** 옥같이 아름다운 미인의 얼굴.
45. **숙숙** 고모나 시숙모의 아들.

"오라버니께서 임종시에 유언하기를 한림을 내게 부탁하노라 하시던 말씀이 아직 귀에 쟁쟁한데, 내 질아를 잘 인도치 못하여 그대로 하여금 이같은 고초를 겪게 하니 이는 다 노모의 허물이구나. 이러니 훗날 무슨 면목으로 지하에 돌아가 오라버니 내외를 뵙겠느냐. 그러나 질부는 너무 마음을 상하지 말거라. 필경은 좋은 때를 만나 누명을 신설(伸雪)[46]하게 될 것이다. 예로부터 영웅 열사와 절부열녀들이 시운을 잘못 만나 한순간 곤액(困厄)[47]을 당하기도 하지 않았느냐. 그러니 널리 생각하여 근심하지 말고 심신을 상하지 말거라. 이 유씨 가문이 본시 충효로 이름높은 가문으로 소인배에게 세력을 잃고 해를 많이 당하였으나 집안은 한결 같이 맑더니, 이제 오라버니께서 별세하신 후 이런 변괴가 생겼으니, 이는 필시 집안에 요사스런 시첩이 있어 조카의 총명을 흐리게 하는 것이다. 요사이 조카의 거동을 보니 예전의 맑은 기운이 하나도 없고 내게 가정사를 의논하는 일도 적어져 숙질간의 의도 줄어들었다. 돌아가는 사정을 보면 근심하지 않을 수 없으나 이는 질부가 만든 재앙이니 누구를 원망하고 누구를 탓하겠느냐. 그러나 이것도 하늘이 정한 운수일 것이니 심히 슬퍼하지 말거라."

두 부인이 한림을 그 방으로 불러 앉혀 정색으로 슬퍼하며 엄숙하게 훈계하였다.

"요사이 네 행동을 보니 본 마음을 잃은 것 같아 내 심히 염려가 되는구나. 슬프다, 오라버니께서 기세[48]하실 때에 집안의 대소사를 내게 부탁하

---

46. **신설(伸雪)** 뒤집어쓴 죄의 억울함을 밝혀 원통함과 부끄러움을 씻음.
47. **곤액(困厄)** 곤란과 재액(災厄).

신 말씀이 지금껏 귀에 머물러 있는데, 내가 용렬하여 사씨의 빙옥[49] 같은 행실로도 시운이 불리하여 누명을 쓴 것을 보니 어찌 한심치 않겠느냐. 우숙(愚叔)이 멀리 떠나니 마음이 놓이지 않아 네게 한마디 부탁을 하려고 한다. 이후에 집안에서 질부를 음해하거나 무슨 흉사를 보게 되더라도 질부를 소홀히 저버리지 말고 내가 돌아올 때를 기다려 일을 처리하여라. 질부는 절부정녀이니 결단코 그른 행동이나 그른 생각을 하지 않을 것이다. 이제 질부의 신세가 위태로운 것을 보고도 멀리 떠나게 되니 발길이 차마 돌아서지 아니하는구나. 조카는 부디 조심하여 요망한 말을 곧이듣지 말거라."

한림은 이마를 찌푸리고 엎드려서 묵묵히 두 부인의 말을 듣고만 있었다. 두 부인이 깊이 한숨을 쉬고 재삼 사씨의 일을 당부하고 사씨에게는 몸을 보중[50]하기를 이르고 돌아갔다. 사씨 부인은 가장 믿던 두 부인이 멀리 떠나감을 바라보니 마음이 불안하여 소리 없이 슬프게 흐느껴 울었다.

교씨가 두 부인을 심히 꺼려 하다가 이제 부인이 떠나는 것을 보자 기뻐하며 은밀히 동청을 불러다가 가로되,

"지금까지 원수 같은 두 부인이 있어 방해가 되었는데, 이제 아들을 따라 멀리 갔으니, 어서 꾀를 내어 사씨를 빨리 없애는 것이 좋겠소."

"사씨가 하늘과 땅의 도움을 빌어도 놓여나지 못할 계책이 있소. 그런데

---

[48] **기세** 죽음을 높이어 이르는 말. 별세. 하세(下世).
[49] **빙옥** 얼음과 옥처럼 맑고 깨끗하여 아무런 티가 없음을 비유함.
[50] **보중** 건강이나 안전을 위하여 몸을 아낌.

낭자가 듣지 않을까 두렵소이다."

"정말 그렇게 용한 꾀라면 내 어찌 듣지 않겠소."

동청이 책 한 권을 내보였다.

"이 책 속에 꾀가 있는데 시험해 보겠소?"

"어떤 꾀인지 듣고 싶소."

"이 책은 당나라 사기[51]인데 여기 쓰인 글을 볼 것 같으면 이렇소. 〈예전에 당 고종이 무소의[52]를 총애하였는데 무소의가 황후를 참소하려 하였으나 적당한 시기를 얻지 못하였다. 소의가 마침 딸을 낳았는데 얼굴이 매우 아름다워 고종이 아이를 몹시 사랑하고 황후도 역시 귀히 여겨서 때때로 와서 보았다. 하루는 황후가 전과 같이 아이를 무릎 위에 놓고 어르다가 나간 뒤에 소의가 바로 딸아이를 눌러 죽이고는 소리를 질러 통곡하며, '누가 내 딸을 죽였다' 하였다. 고종이 궁인을 모조리 국문[53]하였더니 이구동성으로 외인은 아무도 침전에 출입한 자 없고 다만 황후께서 막 오셨다가 갔다 하였다. 하나 황후가 결국 변명함을 얻지 못하였다. 고종이 드디어 황후를 폐하고 무소의를 황후에 봉했으니 이가 바로 천고에 유명한 측천무후였다.〉 예로부터 큰일을 꾀하는 이는 작은 일을 거리끼지 않는다고 했소. 이제 낭자가 측천무후의 꾀를 써서 사씨에게 죄를 씌우면 사씨가 비록 임사의 행실과 소진·장의의 구변을 지녔더라도 한마디 변명도 하지

[footnote]
51. **사기** 역사적 사실을 적은 책. 사서(史書).
52. **무소의** 당고종의 후궁(後宮).
53. **국문** 국왕이 직접 중죄인을 심문하던 일.

못하고 스스로 물러날 것이오."

교녀가 이 말을 다 듣고 동청의 등을 치며 말하였다.

"호랑이 같은 미물도 제 새끼는 사랑하거늘, 하물며 사람된 도리로 어찌 그런 짓을 하겠소."

"지금 낭자의 형세가 함정에 빠진 범과 같으니 이 계책을 쓰지 않으면 나중에 후회하게 될 것이오. 그때는 후회해도 아무 소용이 없을 것이오."

"아무리 그래도 이것은 차마 할 수 없으니, 그 다음 좋은 꾀를 생각해 보시오."

한창 다른 의논을 할 때 한림이 조정으로부터 돌아왔다는 말을 듣고 놀라 각각 돌아갔다.

동청이 교녀 모르게 납매를 불러 일러 가로되,

"낭자의 위인이 차마 이 일을 하지 못할 듯하니 내 꾀를 쓰지 못할 것이다. 그러면 너희도 위태로울 것이다. 네가 알아서 적당한 시기를 보아서 이렇게 하거라."

납매가 그 말을 듣고 틈을 타서 하수[54]코자 하였다.

하루는 장주가 마루 위에서 혼자 자는데 유모는 마침 옆에 없고 사씨 부인의 시비 춘방과 설매 두 사람이 난간 밑을 지나가고 있었다. 납매가 이것을 보고 문득 동청의 말이 떠올라 둘이 멀리 가기를 기다려 곧 장주를

---

54. 하수 직접 사람을 죽임.

눌러 죽이고는 가만히 설매에게 가서 말하였다.

"네가 옥지환을 도적질해 낸 것이 아직도 탄로나지 않았으나, 부인이 그 일을 알아내려고 백방으로 조사하고 계시니 일이 만약 누설되면 네가 먼저 죽을 것이다. 그러니 이 일을 어떻게 하면 좋단 말이냐? 내가 시키는 대로 하면 대화(大禍)를 면할 뿐 아니라 분명 큰 상을 얻을 것이다."

"그리하겠소."

장주의 유모가 장주가 오래도록 일어나지 않는 것을 이상히 여겨서 살펴보니, 입과 코로 피를 많이 흘리고 죽은 지 이미 오래 되어서 매우 놀라 통곡하였다.

교녀가 창황히 달려와 구하고자 하나 무가내하(無可奈何)[55]라. 교녀가 이것이 분명 동청의 소행이라 생각하고 이제 그 꾀를 실행하고자 하여 급히 한림께 고하니, 한림이 와서 이것을 보고 몸이 떨리고 뼈가 서늘하여 차마 말을 하지 못하였다.

교녀가 가슴을 치며 크게 울며,

"작년에 방자하였던 자가 내 아들을 죽였나이다. 상공, 어찌하여 서둘러 집안의 비복들을 문초하지 않으시나이까? 죄인을 알아내야 하지 않겠나이까?"

한림이 즉시 집안 비복들을 잡아다가 형장을 엄히 하였더니, 유모가 나서서 말하기를,

---

55. **무가내하(無可奈何)** 어찌할 수 없게 됨.

"소비가 아기를 안고 마루에 앉아 있다가 아기가 곤히 자므로 잠시 밖에 나갔다가 채 돌아오지 않았을 때 이런 일이 일어났으니, 아기 옆을 떠난 죄는 만사무석(萬死無惜)[56]이오나 어떻게 된 사유인지는 전연 알지 못하겠 사옵니다."

납매는 나서서 말하기를,

"소비가 그때 마침 문 앞을 지나다 우연히 보았사온대, 춘방과 설매가 난간 밖에서 무엇인지 손짓을 하더니만 곧 돌아가는 것을 보았사오니, 이 것들을 불러 물으시면 가히 짐작하실 듯하옵니다."

한림이 곧 두 사람을 잡아들여서 먼저 춘방에게 문초하였으나 춘방이 뼈가 부서지고 살이 헤어져도 좀처럼 거짓 토설을 하지 않았다.

"소비는 설매와 잠시 '그 곁을 지나갔을 뿐인데 무슨 아는 일이 있겠사옵 니까?"

한림이 이번에 설매를 문초하였더니, 처음에는 춘방의 말과 다름이 없 었으나 겨우 매질 십여 차례에 불과하여, 고함을 지르며 말하였다.

"소비는 어차피 죽을 것, 죽을 바에야 무슨 말을 못하겠나이까. 부인이 소비들에게 이르시기를, 인아와 장주 둘이 같이 있을 수는 없으니 누구든 지 장주를 해하는 자에게는 큰 상을 주리라 하셨사옵니다. 소비 등이 여러 날을 두고 틈을 엿보던 차에, 마침 옆에 지키는 사람 없이 공자가 마루 위 에서 자고 있기에 '이때를 놓치면 안 되겠다' 여겨, 춘방과 함께 죽이려고

---

[56] **만사무석(萬死無惜)** 죄가 매우 무거워 용서할 여지가 없음.

하였사옵니다. 소비는 간이 서늘하고 손이 떨려서 감히 앞장서지 못하였사옵고, 실제로 죽인 것은 춘방이 하였나이다."

한림이 크게 노하여 엄한 형벌로 춘방을 다시 문초하자, 춘방이 설매를 꾸짖으며 가로되,

"네가 위로는 부인마님을 팔고 동무를 모함하여 죽음을 면하고자 하니, 너와 같은 년은 개, 도야지에 지나지 않다." 하였다.

그렇게 좀처럼 거짓 토설을 하여 부인을 모함하지 않고 그대로 죽었다.

교녀가 한림을 한탄하며 말하기를,

"설매는 실상 사람을 죽인 일이 없사옵고, 또 바른 대로 대었으니 오히려 공이 있사오니 죄를 물을 수가 없사옵니다. 춘방은 이미 죽었으니 그 죄는 조금 갚았다 할 수 있사옵니다. 하나 춘방도 남의 주촉[57]을 받아 한 일이오니, 실상은 원통하다 할 수 있겠사옵니다." 하고, 아우성을 치며 장주를 부르고 발을 구르고 하늘을 부르짖으며 다시 가로되,

"장주야, 장주야, 내가 네 원수를 갚지 못하면 살아서 무엇하리요. 내 너를 따라 죽으리라."

교녀가 급히 방으로 들어가서 띠를 끌러 목을 매자 시비가 서둘러 띠를 풀어 구하였더니, 교녀가 통곡하며 곡소리를 그치지 않고 한림에게 달려들어 한림을 마구 격동하자, 한림이 서서 머리를 숙이고 말이 없었다.

교녀 가로되,

---

57. **주촉** 남을 꾀어 부추겨서 시킴.

"투기 심한 계집이 처음에 우리 모자를 죽이고자 방자하다 일이 누설되었으나 후회하지 않고 다시 못된 종년들과 부동[58]하여 이 아무것도 모르는 어린아이에게 독수[59]를 놀렸으니, 오늘은 장주를 죽이고 내일은 나를 죽일 것이다. 내 원수의 손에 죽느니보다 차라리 스스로 죽는 것이 나을 것이다. 너희는 왜 나를 살렸느냐? 상공, 상공께서 저 투기하는 계집과 해로하고자 하시면 먼저 소첩을 죽여서 저 계집의 마음을 즐겁게 해주소서. 소첩의 죽음은 조금도 아깝지 않거니와 다만 염려되는 것은 저 계집에게 간부가 있사오니 상공께서도 위태로울까 하나이다."

교녀가 다시 들어가 목을 매니 한림이 급히 만류하고 사씨 부인을 두고 크게 성을 내며 소리쳤다.

"몹쓸 계집 같으니! 집안에서 방자한 일도 심상한 변괴는 아니로되, 다만 부부간 은의를 생각하여 죄를 묻지 않고 덮어두었건만, 다른 사내와 사통하고 옥지환을 내준 것도 당연히 내쫓을 것이나 가문에 욕이 될까 두려워서 그만두었더니, 이제 조금도 반성치 않고 간악한 종년과 부동하야 천륜을 어기다니 그 죄를 돌아보건대 천지간에 용납할 수 없구나. 이 계집을 집안에 두다가는 유씨의 종사(宗嗣)가 장차 끊어질 것이다."

한림이 한편으로는 교녀를 위로하며,

"오늘은 이미 날이 저물었으니 내일 종족들을 모아 가묘에 고하야 음부(淫婦)를 영영 내치는 것이 마땅할 것이다. 내, 너를 정부인으로 올려 선인

---

[58] **부동** 그릇된 일을 하기 위하여 몇 사람이 어울려 한통속이 됨.
[59] **독수** 남의 목숨을 노리는 손길.

의 제사를 받들게 할 것이니 너는 너무 슬퍼하지 말고 관심(寬心)하여라."

"정실의 칭호는 천한 이 계집이 감히 바랄 것은 아니오나, 자식을 죽인 원수와 같이 한 집에 있지 않으면 첩의 원통하고 억울한 마음이 조금 풀릴까 하옵니다."

한림이 비복에게 명하여 종족들을 모두 사당으로 모으라고 하자, 시비 등이 모두 울면서 이 사연을 사씨 부인께 고하였다.

부인이 안색도 변하지 않고 태연히 말하기를,

"내 이런 일이 있을 줄 이미 오래 전에 알았다." 하였다.

이튿날 한림이 일가 친척을 모두 청해놓고 사씨의 전후 죄상을 이르고 기어코 쫓아낼 것이라 말하니, 모든 사람이 본디 사씨의 친절함을 알고 한림의 망령임을 짐작하였으나 모두 한림과 먼 일가가 아니면 수하 사람인지라, 어느 누가 나서서 한림의 뜻을 거스를 것인가?

그리하여 모두 가로되,

"모든 것은 한림의 뜻대로 처리할 일이니, 우리는 판단하지 못하겠소이다." 한다.

한림이 이에 비복에게 분부하여 향촉을 갖추어 가묘에 분향배례하고 사씨의 죄상을 고하며 글을 하였으니 이러하다.

유세차[60] 모년 모월 모일에 효손 한림학사 연수는 삼가 글월을 증조

---

[60]. **유세차** 간지(干支)로 따져볼 때 해의 차례. 제문(祭文), 축문(祝文)의 첫머리에 쓰는 관용어.

고 문현각 태학사 문충공 부군, 증조비부인 호씨, 조고 태상경 이부상서 부군, 조비부인 정씨, 현고 태사공 예부상서 부군, 현비부인 최씨의 신위(神位)에 밝게 고하나이다. 부부는 오륜의 하나요, 만복의 근원이라. 나라에서 이로써 백성을 가르치고 다스리는 바이니 어찌 삼가지 아니하오리까?

슬프다, 저 사씨 처음 가문에 들어오매 숙덕[61]이 예법에 어김이 없더니, 처음과 나중이 한결같지 못하여 혹시 불미한 일이 있으나 대체를 돌아보아 책하지 않고 또 삼년 초토(草土)[62]를 한가지로 받들었으므로 출부(黜婦)치 않았으나, 갈수록 음흉하여 모병을 칭탁하고 본가에 가서 추행한 일이 탄로났으나 가문에 욕될까 하여 사실을 감추고 집안에 머물게 하였더니, 스스로 후회치 않고 그 죄가 칠거(七去)[63]에 이르니 신령이 흠양치 아니하실 것이니 향화가 끊어질까 저어하여 부득이 출거하고자 하옵니다. 소첩 교씨는 비록 육례를 갖추지 못하였으나 실로 명가 자손이고 백행을 구비하여 조종의 제사를 받들만 한지라. 교씨를 봉하여 정실로 삼나이다.

한림이 읽기를 다하고 시비로 하여금 사씨를 끌어내어 조종의 영위에 나아가 사배 하직하게 할 때, 사씨가 눈물을 비오듯 흘리니 모든 일가들이

---

[61] **숙덕** 여자의 정숙하고 우아한 덕. 여자의 미덕.
[62] **초토(草土)** 거적자리와 흙베게. 거상중(居喪中)임을 나타내는 말.
[63] **칠거(七去)** 유교적 관념에서 이르던 아내를 내쫓을 수 있는 일곱 가지 조건.

문 밖에서 절하고 이별하며 눈물을 흘렸다.

유모가 인아를 안고 나오니 부인이 인아를 받아 안고,

"나를 생각지 말고 좋게 있거라. 너를 다시 만날 날이 있을까? 내, 이제는 알 수가 없구나."하고 탄식하며 또 한탄하기를,

"깃 없는 어린 새가 몸을 보존하지 못한다 하였으니, 어미 없는 어린애가 어찌 남은 목숨을 부지하겠느냐. 슬프구나, 이 생에서 못 다한 인연을 후생에나 다시 이어 모자 되자꾸나."

사씨가 눈물을 금치 못하니 눈물이 변하여 피가 되었다. 사씨가 다시 탄식하며,

"존구께서 기세하신 후 따라 죽지 못하고 살아서 이런 지경을 당하니 어찌 슬프지 않겠는가."

사씨가 아이를 유모에게 맡기고 교자에 올라 인아를 어루만져 잘 있으라고 하니, 인아가 크게 울부짖으며 엄마를 따라가려고 애처롭게 울기를 그치지 않았다. 사씨 부인이 유모에게 인아를 잘 보호하라 천만 번 당부하고 다만 차환[64] 하나를 데리고 떠나갔다.

바로 이때 집 안에서는 시비들이 교녀를 옆에서 시중들어 가묘에 분향하는데, 녹의홍상에 옥패[65] 소리가 쟁쟁하니 하늘에서 내려온 선녀 같았다.

교녀가 예를 마치고 집안 비복에게서 하례인사를 받을 때 말하기를,

---

[64] **차환** 머리를 얹은 젊은 여자종.
[65] **옥패** 옥으로 만든 패물.

"내, 오늘부터 새로 집안일을 책임지고 맡아 할 것이니 너희들은 다 각각 맡은 일을 부지런히 하여 죄 받을 일을 하지 말아라." 하였다.

비복 등이 그 영을 듣고 고개를 숙이고 물러나갔다. 이때 비복 팔구 명이 모여서 교녀에게 말하기를,

"사씨 부인이 비록 쫓겨났으나 여러 해를 섬겨 그 은혜 자못 중하였으니 부인이 허락하시면 소복 등이 나가 하직 인사를 드릴까 하나이다."

"그것이 너희들의 정이라는데 어찌 막겠느냐."

모든 시비가 일제히 사씨를 따라가 통곡하니 사씨가 교자를 멈추고 가로되,

"너희들이 이같이 와서 전송해 주니 감사하구나. 너희들은 힘써 새 부인을 섬기며 고인을 잊지 말아라."

비복 등이 눈물을 흘리고 절하며 작별하였다.

잠시 후 사씨가 가마꾼에게 분부하여 신성현으로 가지 말고 성도에 있는 시부모의 산소 아래로 향하라 하니, 가마꾼이 명을 듣고 유씨의 선영 아래에 내려 주었다. 사씨가 이곳에 몇 칸 안 되는 초가집을 얻어 거처하며 돌아가신 부모와 구고를 생각하고 처량한 신세를 슬퍼하여 눈물과 한숨으로 세월을 보내었다.

이때 사 공자가 소문을 듣고 곧 사씨를 찾아가서 눈물을 흘리며 가로되,

"여자가 가부가 용납치 않으면 마땅히 본가로 돌아와 형제끼리 서로 의지함이 옳은데, 어찌 이런 무인공산(無人空山)에 홀로 계십니까?"

"내 어찌 동기의 정을 모를 것이며 모친 영전에 모시기를 알지 못하겠느

냐. 다만 내 한번 본가로 돌아가면 유가와의 인연이 아주 끊어지고 말 것이다. 한림이 비록 급히 나를 버렸으나 내 일찍이 선고에게 죄를 지은 적 없으니, 구고의 묘 아래에서 남은 생애를 마치는 것이 나의 소원이니 괘념치 말거라.”

사 공자가 저저(姐姐)[66]의 고집을 알고 돌아가 늙은 창두(蒼頭)[67] 한 명과 비자(婢子) 양랑을 보내었다.

“우리집에서도 본디 노복이 얼마 안 되었는데 어찌 이런 마당에 여럿을 두겠느냐.”

사씨는 늙은 창두 한 명만 두어 바깥일을 맡아 보라 하고 양랑은 돌려보냈다. 이곳이 원래 유씨 종족과 노복 등이 많이 사는 곳이라 사씨가 온 것을 보고 모두 나와 위로하며 쌀과 야채를 대주며 그 마음을 위로하였다. 사씨는 솜씨가 민첩하고 좋아 남의 침선방적(針線紡績)[68]도 하고 약간의 패물도 팔아 연명하며 고생으로 세월을 보내었다.

가마꾼이 유가로 돌아가 사씨가 유 상공의 묘로 간 것을 고하자,

‘사씨가 신성현으로 가지 않고 상공의 묘하에 찾아가 머무는 것은 유씨 가문에서 쫓겨난 것을 거부하는 방자한 소행이다.’

교씨가 속으로 생각하고 한림을 꾀려고 말하였다.

“사씨가 죄를 입어 조상께 죄진 몸인데 어찌 감히 유가의 선산에 있을

---

[66]. **저저(姐姐)** 누이.

[67]. **창두(蒼頭)** 노복(奴僕). 남자종.

[68]. **침선방적(針線紡績)** 바느질과 실 뽑는 일.

수가 있겠사옵니까? 쫓아버려야 하옵니다."

한림이 잠시 잠자코 있다가 뜻을 말하였다.

"사씨가 이미 내쳐진 바에야 거취는 제 뜻대로 할 탓이요, 하물며 묘하에 다른 이들도 많이 사는데 사씨를 금하여 무엇하겠소."

교녀는 마음에 거리낌이 있으나 감히 어떻게 하지 못하였다.

하루는 교녀가 동청에게 의논하니,

"사씨가 유씨 선산에 머물며 본가로 가지 않는 것은 네 가지 까닭이 있소. 첫째는 예전의 옥지환 일을 발명[69]하고자 함이요, 둘째는 유가의 자부로 자처하여 후일을 바람이요, 셋째는 유가 종족에게 인정을 끼쳐 후일 도움이 되게 함이요, 넷째는 한림이 봄가을로 선산에 다니니 사씨가 심산궁곡에서 무궁한 고초를 당하는 것을 보면 비록 철석 간장이라도 옛날의 은혜를 생각하고 마음이 어찌 동하지 않겠소."

"그러면 사람을 보내어 죽이는 것이 좋겠소."

"그렇지 않소. 사씨가 갑자기 남의 손에 죽으면 한림이 의심할 것이오. 내게 꾀가 하나 있소. 냉진이 본디 가족이 없고, 또 사씨를 흠모하고 있으니 그를 시켜 사씨를 속여 데려다가 첩으로 삼게 하면, 그 절개를 버리는 것이니 한림이 들으면 아주 마음을 끊을 것이오. 어떻소? 괜찮지 않소?."

"그 꾀를 어찌하면 성사시킬 수 있겠소?"

"사씨가 본가에 가지 않고 유씨 묘하에 머물며 유가의 인연을 끊지 않고

---

[69] **발명** 죄나 잘못한 일이 없음을 말하여 밝힘. 변명(辨明).

있다가 두 부인이 돌아오면 두 부인에게 의탁하여 한림과 인연을 다시 도모코자 하는 것이오. 우리가 두 부인의 편지를 위조하여 행장을 차려 나오라 하면 사씨가 그대로 좇을 것이니, 이때 냉진이 데려다가 협박하면 사씨가 아무리 절개가 있다 한들 무슨 수로 벗어나겠소. 이는 참으로 독 안에 든 쥐라 할 것이오. 사씨가 냉진에게 한 번 몸을 허하고 나면 유가와는 완전히 인연이 끊어질 것이니 어찌 좋은 꾀가 아니겠소."

"낭군의 묘한 꾀를 들으니, 예전 육출기계(六出奇計)[70]하던 진유자(陳孺子)[71]의 후신인가 하오."

동청이 몰래 냉진을 불러 이 꾀를 이르자, 냉진이 자신도 또한 홀아비고 사씨의 높은 이름을 들었으므로 동청의 말을 듣고 크게 기뻐하며 허락하고 두 부인의 필적을 청하였다. 동청이 교씨에게서 두 부인의 필적을 구하여 냉진에게 주자 냉진이 이에 두 부인의 필법을 모방하여 편지를 한 장 써서 먼저 사람을 시켜 보내고, 교자를 세내어 가마꾼과 심복 수십 명을 보내었다. 가마꾼과 심복들을 매수하여 유씨 묘하에 가서 장사에서 두 부인의 명을 받고 온 것처럼 하라고 일렀다.

냉진은 인부들에게 몇 번이고 당부하고 집에 돌아와 화촉을 갖추고 사씨가 유괴되어 오기를 기다렸다.

---

[70] **육출기계(六出奇計)** 여섯 번 신기한 계교를 냄.

[71] **진유자(陳孺子)** 이름은 진평으로 한나라 양무 사람. 가난한 집안에서 태어났으나 아름다운 용모로 독서를 좋아하여 고조(高祖)를 도와 여섯 번 기계(奇計)를 내어 천하를 평정함.

화설, 사씨 부인이 하루는 방 안에서 베를 짜고 있는데, 문득 문 밖에서 사람이 부르는 소리가 들려서,

"이 댁이 유 한림 부인 사씨 계시는 댁이옵니까?"하기에 창두가,

"그렇다."하고 나가 무슨 일로 찾는지 그 연고를 물었다.

"서울 두 추관(杜推官) 댁에서 왔소."

"두 추관이 대부인을 모시고 장사로 가셔서 그 댁이 비었는데 어쩐 연고로 왔소?"

"아직 그 댁 소식을 모르는구려. 우리 댁 노야께서 장사 추관으로 계시다가 나라에서 한림학사로 부르셔서, 두 부인이 먼저 상경하시어 사씨 부인이 여기 계시다는 소식을 들으시고 놀라시며 나를 보내어 문후 여쭙고 편지를 전하라 하여 가져 왔소."

창두가 편지를 받아들고 부인께 드리고 그 사람이 한 말을 아뢰었다.

부인이 그 편지를 받아 펼쳐보니, '이별한 후 염려하였다는 말과, 아들이 한림이 되어 상경했다는 말과, 내가 서울을 떠나 그대가 이 지경에 이르렀으니 한탄한들 어쩌겠는가. 지금 그대가 머문 곳이 서어(齟齬)[72]하고 산곡이라 강포(强暴)[73]한 사람이 침노할까 두렵다. 내 집에 와서 서로 의지하면 편안할 것이다. 마땅하다 여기면 교자를 보낼 것'이라는 내용이었다.

사씨 부인이 두 부인의 상경했다는 말을 듣고 기뻐하며 의심하지 않고 갈 뜻으로 답장을 보냈다.

---

[72] **서어(齟齬)** 익숙하지 않아 서름서름함.
[73] **강포(强暴)** 우악스럽고 포악함.

"이곳이 비록 산골이긴 하나 선산을 바라보며 위로를 삼았더니 이제 떠나게 되니 자못 처량하구나."

사씨가 이날 밤에 혼자 문득 이런 생각을 하다가 베개 위에 의지하여 잠깐 졸았더니 비몽사몽간에 문득 한 사람이 나타났다.

"노야와 부인께서 뵙기를 청하시나이다."

사씨가 눈을 들어보니 돌아가신 소사(小師)가 부리시던 비자였다. 즉시 그 사람을 따라 갔더니 그곳에 시비 여럿이 나와 침전으로 인도하였다. 침전에 유 소사와 최 부인이 함께 앉았는데 그 용모가 살아 있을 때와 완연히 같은지라, 사씨가 크게 기뻐하며 절하고 인사드리는데 눈물이 비오듯 흘렀다. 소사가 슬하에 앉히고 위로하며 가로되,

"내 아희가 참언을 곧이듣고 현부를 곤란케 하니 내 마음이 편치 못하구나. 그러나 오늘 두 부인이 보낸 편지가 참이 아니니 현부는 다시 자세히 살피라, 그리하면 알리라."

최 부인이 사씨 부인을 불러 옆에 앉히고 어루만지며 가로되,

"내 일찍 세상을 떠나 현부를 보지 못하였으니 어찌 슬프지 않겠느냐. 네 다시 눈을 들어 나를 보아라. 유명(幽明)[74]이 비록 다르나 현부가 연수와 더불어 사당에 오를 때마다 현부가 올린 술잔을 흠향치 않은 적이 없었다. 하나 이제 교녀가 제사를 받드니 내 어이 흠향하겠느냐? 슬프구나, 현부가 집을 떠난 후 이곳에 와 있어 우리가 와서 즐거이 의탁하였으나 이제

---

[74] **유명(幽明)** 저승과 이승.

71

네가 멀리 가게 되니 어찌 슬프다 아니하겠는가."

사씨가 울며 말하였다.

"비록 두 부인께서 부르시나 어이 떠나겠습니까!"

소사가 가로되,

"두 부인에게 간다면 어찌 그것을 말리겠느냐, 그것을 말하는 것이 아니다. 그 편지는 거짓된 것이나, 그렇다고 네가 여기 오래 있으면 박해가 있을 것이다. 아직도 칠 년 재액(災厄)이 남았으니 남방으로 수로 오천 리를 가 피난하는 것이 마땅할 것이다. 후회하지 말고 남방으로 멀리 떠나거라. 그것도 매우 급박하게 되었으니 서둘러라."

"외롭고 쓸쓸한 여자 혼자 몸으로 어찌 칠 년을 떠돌겠사옵니까? 앞길에 있을 길흉이나 알려 주시옵소서."

"이는 천명이니 어찌 알겠느냐? 다만 할 말이 있으니 지금으로부터 육년 후 사월 십오일에 배를 백빈주에 매어 두었다가 급한 사람을 구해 주어라. 이것은 마음에 새겨두어 절대로 잊지 말아야 할 것이다. 또 너는 이곳에 오래 머물지 못할 것이니 빨리 가거라."

소사가 당부하자 사씨가 읍하고 흐느껴 울며,

"이제 이곳을 떠나면 언제 존안을 다시 뵈오리까?"하였다.

유모와 차환이 사씨를 깨워 깜짝 놀라 일어나니 바로 꿈이었다. 너무 신기하여 꿈에서의 일을 말하였더니 시비들도 또한 신기하게 여겼다. 사씨부인이 존구의 말씀을 생각하고 두 부인의 편지를 다시 보았다.

"두 추관의 부친 이름이 홍(洪)자인 고로 두 부인이 평소 말할 때나 편지

쓸 때나 일절 홍(洪)자를 쓰지 않더니 이 편지에는 홍자를 썼으니 이는 반드시 위조가 분명하구나. 도무지 모르겠구나, 어떤 사람이 이렇듯 나를 모해하는가?"

사씨의 마음속에 의심이 가득할 때 동방이 밝아오자 사씨가 유모더러 말하되,

"존구께서 분명히 남방으로 수로 오천 리를 가라 하셨는데 장사 땅이 바로 남방이고, 또 두 부인이 가실 때에 수로로 오천여 리나 된다 하셨으니, 이것은 필시 두 부인을 찾아가 의탁하라 하심이니 어찌 가지 않겠느냐."

곧 각방으로 남방으로 가는 배를 구하였으나 이내 구하지 못하여 초조해 하고 있던 차에 창두가 말하였다.

"두부(杜府)에서 교자를 갖고 왔으니 어찌하오리까?"

사씨가 꿈속의 일을 생각하고 이르기를,

"내가 어젯밤에 감기가 들어 일어나지 못하였으니, 수일 후 낫거든 가겠다 하라."

창두가 이대로 이르니, 가마꾼이 하릴없이 무료히 돌아가 그 말을 전하자 동청이 가로되,

"사씨는 본디 지혜가 많은 사람이니, 필시 의심하여 병을 칭하고 거절하는 것이니 이 일이 성사되지 않으면 화가 적지 않을 것이다."

냉진이 가로되,

"이미 내친 걸음이니 건장한 사람 수십 명과 가마꾼을 데리고 묘하에 가 숨었다가, 밤이 되거든 사씨를 결박하여 데려오는 것이 좋을까 하오."

동청이 가로되,

"그러는 것이 옳을 듯하니 바삐 행하라."

냉진이 강도 수십 명을 데리고 묘하로 갔다.

이때 사씨는 남방으로 가는 배를 얻지 못하여 근심하다가, 마침 남경으로 가는 장삿배를 만났는데 바로 두 부인의 창두로서 일찍이 속량(贖良)되어 나가 장사하는 장삼이란 사람의 배였다. 사씨가 그 말을 듣고 기뻐하여 즉시 장삼을 불러 함께 가기를 부탁하니, 장삼도 또한 두부에 있을 때에 사씨를 뵈온 적이 있어 그 고생함을 알고 배를 대어 오르기를 청하였다. 사씨가 유 상공의 묘하에 나아가 재배 하직하고 유모와 차환, 늙은 창두 한 사람을 데리고 배에 올라 남방으로 향하였다.

이때 냉진이 수십 명 강도를 데리고 묘하에 나가 수풀에 은신하였다가 밤을 타서 사씨가 머무는 집으로 달려들었더니 집은 비고 이미 한 사람도 없었다. 냉진은 크게 놀랐다.

"과연 사씨가 꾀가 많은 사람이라더니 우리의 계교를 알고 벌써 달아났구나."

냉진이 돌아가 동청에게 이 말을 이르니 동청과 교녀가 사씨를 잡지 못한 것을 안타까워하였다.

차설, 사씨 부인이 배에 올라 남방으로 향하는데, 만경창파는 하늘에 닿은 듯하고 오가는 장삿배의 새벽달 찬바람에 닻 감는 소리는 수심을 돕고 잔나비의 울음소리는 슬픈 사람의 애간장을 끊나니, 사씨가 자신의 신세를 생각하니 규중 여자로 더러운 누명을 입고 일신을 만경창파 일엽 편주에 의지하여 장사로 향하는 자신의 신세 서러워 가슴이 무너지는 듯 하였다.

사씨가 마침내 통곡하며 하늘에 호소하였다.

"하늘이여, 어찌 인생을 내시어 내 운명의 기구함을 이렇게 점지하셨나이까?"

유모와 차환도 역시 슬픔을 참지 못하여 서로 붙들고 울다가 유모가 먼저 울음을 그치고 부인을 위로하였다.

"하늘이 가없이 높긴 하나 살피심은 밝으시니 어찌 늘 이렇겠사옵니까? 귀체를 보중하시고 슬픔을 거두시옵소서."

"내 팔자가 기박하여 너희들까지 이런 고초를 함께 겪으니 나는 내 죄로 그런다지만 너희들은 무슨 죄겠느냐? 이는 주인을 잘못 만난 탓이라 내 민망하구나. 규중 여자의 몸으로 일신을 일엽편주에 의지하여 바다 위에 떠 있으니 향하는 곳이 장차 그 어딘가. 두 부인이 나를 기다리시는 것도 아니요, 또한 시집에서 내쫓긴 몸이 구차하게 살아서 장사로 갈 생각을 하니, 이 신세가 어찌 슬프지 않겠는가. 차라리 이곳에서 창파에 몸을 던져 굴삼려(屈三閭)[75]의 충혼을 좇고 싶구나."

말을 마치고 울기를 그치지 아니하니 유모와 차환 등이 여러 가지로 위로하였다. 배가 점점 표류하다가 한곳에 이르러서는 풍랑이 크게 일고 사

[75.] **굴삼려** 중국 전국시대 초나라 정치가, 시인. 이름은 평(平). 자는 원(原). 회왕과 경양왕을 섬겨서 높은 벼슬을 하였으나 모략에 빠져 한때 방랑생활을 하다가 멱라수에 빠져 자결함.

씨가 토사병이 심해져서 힘들어 하자 부득이 배를 뭍에 대고 강가의 아무 집에나 들러 병을 치료하자 하였다.

멀리 둘러보자 한 칸 초가집이 산 밑에 있어서 차환을 시켜 그 문을 두드리고 주인을 찾았더니 한 소녀가 나왔다. 나이는 겨우 십사오 세쯤 되는데, 용색은 절묘하고 태도 요조하였다. 소녀가 차환이 전하는 말을 듣고 쾌히 허락하고 부인을 맞아 안방으로 인도하였는데 이미 날이 저물었다.

"너의 부모는 어디 가시고 너 혼자 있느냐?"

사씨가 묻자 소녀가 공손하게 대답하되,

"저의 성은 임가이옵니다. 일찍 아비를 여의고 편모를 모시고 있었사옵니다. 한데 마침 물 건너 마을에 가셨다가 폭풍을 만나 돌아오지 못하셨나이다."

소녀가 차환에게 들어 부인의 사연을 알고 밥과 찬을 각근[76]히 차려서 불 밝히고 저녁을 내오니, 사씨가 그 은근한 정의에 감복하여 약간 수저를 들고 그 소녀에게 사례하였다.

"갑자기 들이닥친 손이 폐를 많이 끼쳐 미안하구나."

소녀가 부인 앞에 엎드려,

"귀하신 부인이 이런 누추한 곳에 행차하시니 가문의 영광됨은 말할 것도 없고, 촌가 박찬의 대접이 너무 허술하여 황공무지로소이다. 또한 이렇듯 과분한 말씀을 하시니 더욱 죄송하옵니다."

[76] **각근** 충심으로 부지런히 힘씀.

그날 밤에 부인이 임씨 집에서 자고 그 이튿날 떠나려 하였으나 풍랑이 좀처럼 그치지 않아 사흘을 연달아 쉬게 되었다. 소녀가 정답고 친절히 대하여 정성을 다하는지라, 수삼 일 지난 후 떠나게 되었을 때는 두 사람의 정이 깊어 차마 손을 놓지 못하였다. 사씨가 행장에 남아 있던 지환 한 개를 내어주며 말하였다.

"비록 작은 것이긴 하나 이것을 그대의 아름다운 손가락에 머물게 하여 나의 정을 잊지 말거라."

"부인의 원로행역(遠路行役)[77]에 이것이 긴히 쓰일 것이거늘 어찌 받겠나이까?"

소녀가 사양하자 부인이 가로되,

"여기서 장사 땅은 그리 멀지 아니하고 그곳에 가면 긴히 쓸데가 없으니 사양치 말거라."

소녀가 공경히 지환을 받아들었으나 차마 이별하지 못하니, 부인이 재삼 연연해 하다가 작별하고 즉시 그 집을 떠났다.

수일 후에는 늙은 창두가 노독과 풍토병을 이기지 못하여 그만 병들어 객사하고 말았다. 사씨 부인은 충성스럽던 창두의 죽음을 안타까워하며 배를 잠시 대어 장삼을 시켜 강가 언덕에 그를 안장하고 떠났다. 이제 여행길에 남은 사람은 다만 유모와 차환뿐이었다.

사씨가 답답한 마음으로 얼마나 가야 하는지 물었더니 수일만 가면 곧

77. **원로행역(遠路行役)** 먼 길에 여행하는 고생.

장사에 닿는다 하니 갈 길이 멀지 않음에 기뻐하며 배를 빨리 저어라 재촉하였다. 하나, 사씨의 액운이 아직 끝나지 않았으니 어찌 한단 말인가!

홀연 광풍이 불어 파도가 집채같이 솟아 배를 삼키려고 달려드니, 배는 풍랑을 피하려고 동정호로 향하여 악양루 아래에 이르렀다.

이곳은 옛적 열국시대의 초나라 땅으로 순 천자가 나라 안을 순행하시다가 창오 들에 와서 돌아가시자 아황과 여영, 두 왕비가 천자를 따라가지 못함을 안타까워하며 소상강⁷⁸가에서 슬피 울 때 그 피로 변한 눈물이 대숲에 뿌려져서 대에 튄 핏방울이 점점이 박혀 얼룩이 되었으니, 이것이 이른바 소상반죽이 되었다는 전설이 남아 있는 곳이었다.

그리고 그 뒤에 초나라의 충신 굴원이 충성을 다하여 회왕을 섬기다가 간신의 참소를 만나 강남으로 귀양와서 초가 몇 칸을 지어 살다가 멱라수에 몸을 던졌으며, 또 한나라의 가의⁷⁹는 낙양재사를 지내다가 조정의 권신에게 쫓겨나 장사로 내쳐졌을 때 이곳에 이르자 제문을 지어 강물에 던져 여기서 억울하게 죽은 굴원의 충혼을 조상한 곳이다.

이러한 까닭으로 지나는 객들로 하여금 강개한 회포를 자아내게 하는 곳이었다.

그러므로 그 슬픈 전설에 흐린 구름이 항상 구의산에 끼고, 소상강에 밤이 들고, 동정호에 달이 밝고, 황릉묘⁸⁰에 두견이 슬피 울 때면, 비록 슬프

---

⁷⁸ **소상강** 중국 호남성(湖南省) 동정호 남쪽에 있는 소수와 상강.
⁷⁹ **가의** 중국 서한(西漢)의 학자, 정치가. 양왕(梁王)의 태부(太傅)가 되었음.
⁸⁰ **황릉묘** 아황과 여영 두 왕비가 빠져 죽은 상수에 세운 사당. 중국 호남성 상음현에 있음.

지 아니한 사람일지라도 저절로 눈물을 뿌리고 탄식하지 않을 수 없었거늘, 하물며 신세가 처량한 사람은 일러 무엇하리요!

사씨 부인은 요조숙녀의 빙옥 같은 몸으로 정성을 다해 군자를 섬기다가 요녀의 참소를 입고 가부의 내침을 받아 고혈한 약한 몸으로 여기까지 이르렀으니, 옛사람을 느끼고 자기 신세를 생각하며 뱃전에 비껴서 밤이 늦도록 잠을 이루지 못하였다.

이때 장사하는 배들이 남북으로 모여들어 매우 복잡하였다. 옆의 배에서 사람들이 하는 말이 있어 몰래 엿들었더니 한 사람이 말하기를,

"우리 장사 백성들은 정말 복이 없어."

"어찌 그런가?"

"지난번에 오신 두 추관 노야께서는 마음이 정직하고 정사가 공평해서 백성들이 근심이 없었는데 금번에 새로 온 유 추관은 재물을 탐내고 돈을 좋아해서 백성들이 죄가 있건 없건 막론하고 함부로 매질하여 돈을 뺏으니 명관을 잃고 탐관을 만났으니 우리가 어찌 복이 있다 하겠나?"

두 추관이 이미 이곳을 떠나 다른 곳으로 옮겨간 것을, 그 말을 듣고야 알게 된 사씨 부인은 애가 타고 기가 막혀서 어이할 줄을 모르다가 새벽이 되어서야 장삼을 시켜서 자세히 물어 보라 시켰다.

이윽고 장삼이 돌아와 고하는 말이,

"우리 댁 노야께서 장사 고을에 와서 명치(明治)를 하셨으므로 순행하는 어사가 보고 나라에 장계를 올려 성도지부로 승차하셔서 진작 대부인을 모시고 성도로 부임하셨다 하옵니다."

부인이 하도 어이없어 하늘을 우러러 가슴을 두드리며 통곡하였다.

"유유창천(悠悠蒼天)[81]아, 왜 저에게 이런 지경을 겪게 하시나이까?"

사씨가 정신을 차리고 장삼더러 일렀다.

"두 부인이 이미 성도로 가셨으니 이제 장사에는 아는 연고가 없으니 우리에게는 객지다. 여기 머물 수도 없고 달리 갈 곳도 없으니, 너는 우리 세 사람을 여기에 내려놓고 네 갈 길을 가거라."

"소인은 여기 오래 있을 수가 없사옵니다만 장사가 머물 만한 곳이 못 되는데 부인께서는 어디로 가시려 하옵니까?"

"내 갈 곳을 구태여 알아 무엇하겠느냐? 너는 네 갈 길을 가라."

유모와 차환이 이 말을 듣고 어찌할 바를 몰라 서로 붙들고 통곡하였다. 장삼이 세 사람을 강 언덕에 내려놓고 부인을 향하여 절하고 하직인사를 고하였다.

"바라건대, 부인께서는 천금 같으신 귀체를 보중하소서."

장삼은 배를 저어 멀리 떠나갔다.

사씨가 천신만고하여 겨우 배를 얻어 장사 땅에 거의 왔으나 결국 이 지경에 이르고 보니 희망이 끊어졌으니, 심장이 녹는 듯하여 아무리 생각하여도 죽을 수밖에 별 도리가 없다고 탄식하였다.

"사고무친[82]한 땅에 와서 또한 노자까지 떨어졌으니, 부인, 장차 어찌 귀체를 보존하시려 하나이까?"

---

[81]. **유유창천(悠悠蒼天)** 한 없이 멀고 푸른 하늘.
[82]. **사고무친** 의지할 만한 사람이 전혀 없음.

유모와 차환이 울며 말하자, 부인이 길게 탄식하였다.

"사람이 세상에 태어나 수명의 길고 짧음과 화복길흉은 하늘이 정한 운수라서 잠깐의 액운을 구태여 근심할 것은 없으나, 이제 내 신세를 생각컨대 내가 화를 자초했다 할 수밖에 없구나. 옛말에 '하늘이 만든 화는 피할 수 있으나 자신이 만든 화는 피할 수 없다' 하였으니 이제 내 도중에 이같이 낭패하니 다시 어디를 가며 누구를 의지하겠느냐?"

"옛날 영웅호걸과 열녀절부 중에 이런 곤액을 당하지 않은 사람이 드무옵니다. 지금 부인에게 일시 액화(厄禍)가 있으나 명천이 굽어보시고 신명이 소소하여 장차 청풍이 흑운을 일시에 쓸어버리면 일월을 다시 보실 것이니 너무 슬퍼하지 마시옵소서. 어찌 일시 액운으로 말미암아 천금 같은 귀체를 돌보지 않으시렵니까?"

"액운을 당한 옛사람이 하나 둘이 아니나 구해 주는 이가 있어 자연 몸을 보전하였다. 하나, 지금 나의 일은 그렇지 못하여, 연연약질(軟娟弱質)[83]하여 위로 하늘에 오르지 못하고 아래로 땅에 들지 못하니 어찌하겠느냐. 구차히 살려 할 것이 아니라 마땅히 한 번 죽어 옛사람과 더불어 꽃다운 이름을 나타내게 하자는 것이니, 이것이 나에게 복 되는 일일 것이다."

사씨가 곧 강물을 향하여 뛰어들려 하니 유모와 차환이 붙들고 울며 가로되,

---

83. **연연약질(軟娟弱質)** 몸이 가냘프고 연약한 사람. 또는 그 체질.

"소비 등이 천신만고 끝에 부인을 모셔 여기까지 이르렀으니 마땅히 생사도 역시 같이 해야 할 것이옵니다. 부인이 만일 죽으신다면 저희도 부인과 함께 죽어서 지하에서도 모시기를 바라나이다."

"나는 죄인이니 죽어도 마땅하지만 너희들은 무슨 죄로 나를 따라 죽는다는 것이냐. 도중에 노자가 떨어졌으니 너희들은 인가에 의지하여라. 차환은 나이 젊으니 말할 것도 없고, 유모도 아직 남의 집에 들어가 밥을 지을 수 있으니 어찌 의탁할 곳이 없겠느냐? 각자 몸을 보중하다가 북방 사람을 만나거든, 내 이곳에서 죽었다고 전하여라."

사씨가 유모 등을 타이르고 나무를 깎아 글을 썼다.

〈모년 모월 모일에 사씨 정옥은 구가에서 내쳐져서 이곳에 이르러 물에 빠져 죽노라.〉

쓰기를 다한 사씨가 통곡하였다. 유모와 차환이 좌우에서 따라 우니 일월은 빛이 없고 초목금수(草木禽獸)도 덩달아 슬퍼하였다. 어느덧 날이 어둡고 동천에 달이 오르니, 사면에서 귀신이 울고 황릉묘 위에 두견의 소리가 처량하고 소상강 대숲 아래 잔나비가 슬피 우니 밤기운이 스산하였다.

"밤이 심히 차니 저 위에 올라 밤을 지내고 내일 다시 앞날을 생각하시옵소서."

유모가 부인에게 권하자 부인이 마지못하여 악양류에 올라갔다. 아로새긴 들보가 하늘로 높이 솟아 강물에 어리었는데 오색 채운이 구의산에서 피어 일어나 악양루를 둘러싸고 월색은 난간에 가득하였다.

"악양루는 천고에 유명한 곳이라. 내, 떠돌다 이곳에 이르렀으니 이것도 우연한 일은 아닐 것이다."

세 사람이 악양루에서 밤을 지샜다.

이튿날 날이 밝아오려고 할 때 누각 아래에서 사람의 소리가 소란히 나더니 수십 명이 올라왔다. 이 사람들은 서울 사람으로서 이곳에 왔다가 악양루의 해뜨는 모습을 구경하고자 올라온 것이었다.

사씨 부인은 사람들이 올라오는 것을 보고 크게 놀라 뒷문으로 빠져 내려와 강가 숲 속에 와서 눈물을 흘리며 말하였다.

"이제 우리들이 의탁할 곳도 없고 날조차 밝았으니 장차 어디로 갈 것인가? 아무리 생각하여도 강물에 몸을 던지는 수밖에 없구나. 유모는 더 이상 말리지 말아라."

사씨가 몸을 일으켜 강물에 뛰어들려 하자, 유모와 차환이 망극하여 사씨를 붙들고 통곡하였다. 사씨 부인이 갑자기 기운이 빠져 유모의 무릎을 의지하여 잠깐 졸았는데 비몽사몽간에 한 여동이 와서 말하였다.

"저의 낭랑[84]께서 부인을 청하시더이다."

"너의 낭랑이 누구시냐?"

사씨가 놀라 말하자 여동이 가로되,

---

84. **낭랑** 왕비, 왕후.

"가시면 자연히 아실 것이옵니다."

사씨가 여동을 따라 어떤 곳에 이르니 고대광실의 전각이 강변에 즐비하게 늘어서 있었다. 여동이 부인을 데리고 전각으로 들어갔더니, 이윽고 발이 걷히고 전상(殿上)에서 이리 오르라 하는 소리가 들렸다.

사씨가 동자를 따라 전상에 오르니 양쪽에 두 분의 낭랑이 교의에 앉았고 좌우에 여러 귀한 부인들이 둘러서 있었다. 사씨 부인이 예를 마치자 낭랑이 자리를 권하고,

"우리는 다른 사람이 아니라 순 천자의 두 비(妃)다. 옥황상제께서 우리의 사정을 측은히 여기시고 이곳 신령으로 삼으신 까닭에 이곳에 머물며 고금의 절부열녀를 보살피면서 세월을 보내고 있었다. 그런데 이제 그대가 잠시 화를 만나 이곳에 다다랐으니 이도 모두 하늘이 정한 운명이다. 그대가 아무리 죽으려 하나 아직 죽을 때가 아니라 허락할 수 없는 일이니 마음을 편히 먹으라."

사씨가 일어나 사례하고 낭랑의 덕을 치하하였다.

"인간계의 미천한 여자로서 늘 서책을 통하여 성덕을 우러러 사모할 따름이었는데 이제 이곳에 와서 뵈올 줄 어찌 알았겠사옵니까?"

"그대를 청한 것은 다름아니라, 부인이 천금보다 중한 몸을 헛되이 버려 굴원의 자취를 따르고자 하니, 그것은 하늘이 뜻하시는 바가 아니다. 그대가 하늘을 탄하며 통곡하는 것은 천도의 무심함을 한탄하는 것이니 이것은 그대의 평소 총명이 흐려진 탓이다. 그러니 특별히 의논하여 회포를 풀고 위로하고자 하는 것이다."

"낭랑의 가르치심이 이와 같으시니 소첩이 소회(所懷)를 여쭈겠사옵니다. 소첩은 본디 가진 것 없고 문벌이 변변치 못한 사람이온대, 일찍 엄부를 여의고 편모에게 자라나 배운 바 없어 행실이 불민하던 중에 존구께서 별세하신 뒤에 세상이 크게 변하여 동해의 물을 기울여도 씻지 못할 누명을 입고 규문을 나왔사옵니다. 그 뒤 눈물을 뿌려 구고의 묘하를 지키던 중 마침내 강호에 유리하는 몸이 되어 갈 곳을 알지 못하여 앙천탄식하다가 하는 수 없어 만경창파에 몸을 던져 어복(魚腹)에 장사 지낼 마음을 먹었사옵니다. 이렇듯 아녀자의 마음이 망령됨을 깨닫지 못하고 부르짖어 낭랑께서 들으시게 하여 심려를 끼쳤으니 죽어도 할 말이 없사옵니다."

"매사가 다 하늘이 정한 것으로 인력으로 되는 일이 아닌데 어찌 굴원의 죽음을 뒤따라 하늘을 원망하겠느냐? 그대가 지금은 곤액하나 장차 복록이 무궁하니 때를 기다리지 않고 어찌 자결을 하겠느냐? 유씨 가문은 본디 누대로 선업을 쌓은 가문이었다. 다만 유 한림 천하의 일을 통달하기는 하나 너무 일찍 높은 자리에 올라 사리에 주밀(周密)치 못하므로 하늘이 잠깐 재앙을 내리시어 크게 경계로 삼고자 하는 것인데 그대는 어찌 이토록 조급히 구느냐? 그대를 참소하는 자는 아직 득의하고 교만방자하나, 비유컨대 똥의 버러지가 제 몸이 더러운 줄 알지 못하는 것과 같으니 어찌 그대와 비하겠느냐? 그러니 그대는 안심하고 바삐 돌아가거라."

"낭랑이 소첩의 허물을 더럽다 아니하시고 이같이 밝게 가르치시니 감개무량하옵니다. 그러나 돌아가도 의탁할 곳이 없으니 낭랑께서 첩의 사정을 돌아보시어 시녀로 거두어 주시면 낭랑을 모시고 영원히 머물겠사옵니다."

낭랑이 웃으며,

"그대도 이 다음 이곳에 머물게 될 것이나, 아직 때가 아니니 어서 서둘러 돌아가라. 남해도인이 부인과 인연이 있으니 거기에 잠깐 의탁하는 것이 또한 천의로다."

"소첩이 전에 들은 바로는 남해는 하늘의 끝이라 길이 요원하다는데 어찌 가겠사옵니까?"

"연분이 있으니 자연히 가게 될 것이니 너무 염려 말고 어서 떠나거라."

낭랑이 곧 동쪽 벽 자리에 앉은 얼굴이 아름답고 눈이 별 같이 빛나는 부인을 가리키며,

"이 사람은 위국부인 장강[85]이다."

또 다른 부인들을 가리키며,

"저 사람은 한나라 반첩여[86]이고, 저이는 양처사의 처 맹광이다. 그대가 이미 이곳에 왔으니 옛사람과 서로 알게 하는 것이다."

낭랑이 각 부인들을 차례로 가리키며 소개하자 사씨 부인이 일어나 사례하였다.

"오늘에 여러 부인의 면목을 이렇듯 뵙는 것은 뜻하지 않은 바이나 어찌 영광으로 여기지 않겠사옵니까?"

여러 부인들이 흐뭇해 하며 답하여 인사하였다. 사씨가 절하며 하직을

---

[85] **위국부인 장강** 주나라 동궁득신의 누이동생으로 위장공의 부인. 호가 장강.
[86] **반첩여** 중국 한나라 성제(成帝)의 후궁.

고하자,

"매사 모든 일에 힘을 다하면 오십 년 후 이곳에 자연 모일 것이다. 다만 삼가 몸을 보중하라."

낭랑이 당부하고 청의여동에게 명하여,

"모셔 가거라."하였다.

사씨가 절하고 뜰 아래 내려서자 전상에서 열두 주렴[87]내리는 소리가 주르르하고 맑게 울렸다. 부인이 그 소리에 놀라 잠을 깨어 소스라치게 일어났더니, 유모와 차환이 사씨 부인이 오래도록 혼절한 것에 놀라 깨어나기를 기다리고 있었다.

사씨 부인이 일어나 때가 얼마나 되었는지를 물었다.

"잠든 지 서너 시간이나 되었으며, 부인이 기절하여 오랫동안 계셔서 저희들이 옆에서 지켰더니 이제야 정신을 차리신 것이옵니다."

사씨 부인이 두 낭랑과의 있었던 일을 다 말하고,

"내 꿈속에서 대숲 속으로 갔었다. 믿기지 않거든 나를 따라오너라."

부인이 유모를 데리고 수풀로 들어가니 사당이 하나 있는데, 현판에 '황릉묘'라고 적혀 있었다. 바로 순천자의 두 왕비의 사당이었다. 부인이 꿈에 본 곳과 같았으나 단청이 퇴색하여 매우 황량하였다. 눈을 들어 전상을 바라보니 두 왕비의 화상이었는데 꿈속에서 뵈옵던 것과 완연하여 다름이 없었다.

---

[87] **주렴** 구슬을 꿰어 만든 발. 구슬발.

"소첩이 낭랑의 가르치심을 입었사오니, 다른 날 좋은 때를 만나면 낭랑의 성덕을 어찌 잊겠사옵니까?"

부인이 깊이 절하고 축원한 후 사당에서 물러나왔다.

차환이 묘지기의 집에서 밥을 얻어와 세 사람이 요기한 후 부인이,

"우리 셋이 두루 방황하여 의지할 곳이 없으니 신령이 희롱하시는 것이로다."

하고 잠시 주저하는 사이에 밤은 점점 깊어가고 달빛은 몽롱하여 심금을 울리는지라,

"사람이 세상에 나면서부터 부귀빈천이 팔자에 있는 법인데 여자로서 씻지 못할 누명과 허다한 고초를 이미 지나 이곳에 이르렀는데도 의지할 곳이 없으니 죽는 것이 상책이구나."하며 한탄하였다.

이때 갑자기 사당문 앞으로 두 사람이 들어오더니 뜻밖의 말을 하였다.

"부인이 어려움을 만나 힘들기는 하겠으나 어찌 물에 빠져 스스로를 해치려 하시나이까?"

부인이 놀라 눈을 들어 보니, 하나는 늙은 여승이요 하나는 여동이었다.

"어찌 우리 일을 아오?"

여승이 황망히 예를 갖추고,

"소승은 동정 군산사에 있는 몸이온대, 아까 비몽사몽간에 관음이 현몽하사 어진 여인이 환난을 만나 갈 바를 모르고 장차 물에 빠지려 하니 빨리 황릉묘로 가서 구원하라 하시어 급히 배를 저어 왔더니, 과연 부인을

만났사옵니다. 부처님 영험하심이 신기하나이다."

"우리는 어차피 죽을 처지에 이른 사람들이니 존사께서 구해 주신다니 실로 감격스럽소. 하나 존사의 암자에 폐가 될까 하오."

"출가한 사람은 본디 자비를 일삼나니 하물며 부처님의 지도하심이거늘 어찌 이런 말씀을 하시옵니까?"

여승이 사씨 부인을 붙들어 언덕을 내려와 배에 앉혔다. 여승이 여동과 함께 배를 저어 타고 가는데 일진순풍을 만나 순식간에 군산에 다다랐다. 산이 동정호에 외로이 있으니 사면이 다 물이요, 여러 봉이 대 수풀이고 인적이 적었다. 여승이 배에서 내려 사씨를 부축하여 길을 따라 내려가는데 열 걸음에 한 번씩 쉬어 가며 암자에 들어갔더니 암자 이름이 수월암(水月庵)이었다. 매우 깊숙한 곳에 위치하고 정결하여 사람의 세상 같지가 않았다.

일행이 곧 잠이 들었는데 종일 고생을 하여 깊이 잠들어 밤이 밝아옴을 깨닫지도 못하였다. 여승이 불당을 치우고 향을 피우고 경쇠를 치며 부인을 깨워 예불을 드리려 하자, 사씨가 차환 등과 더불어 법당에 올라 분향 배례하였다. 부인이 문득 눈을 들어 부처를 보고 놀라 눈물을 머금었다. 눈 앞의 부처가 다른 이가 아니라 십육 년 전에 자기가 찬을 지어서 바쳤던 백의 관음화상이었던 것이다.

여승이 이상히 여겨 물어 가로되,

"부인, 어찌하여 부처의 화상을 보고 슬퍼하시옵니까?"

여승이 이상히 여기며 사씨에게 묻자 사씨가 말하였다.

"화상 위에 쓰인 글은 내가 어릴 적 지은 찬이라오. 이제 여기서 이것을 보니 자연 비회(悲懷)를 금치 못하겠소."

여승이 크게 놀라 가로되,

"이 말씀을 듣자니 혹여 부인이 신성현 사 급사 댁 소저가 아니시옵니까? 부인의 용모와 음성이 눈과 귀에 익어 이상히 여겼사옵니다. 소승은 다른 사람이 아니라 그때 부인에게 글을 받아온 우화암 묘혜이옵니다. 소승이 유 소사의 명을 받자와 부인에게 관음찬을 받아가니 소사께서 보시고 크게 기뻐하여 혼인을 정하시고 소승에게 무거운 상을 내리셨사온대, 그때 머물러 혼사를 보려 하다가 스승이 바삐 찾으시어 할 수 없이 산에 돌아와 스승을 따라 십 년을 수도하였더이다. 스승이 돌아가시고 얼마 후에 이곳에 와 한적하고 구석진 곳에 암자를 짓고 고요히 공부하며 있었사옵니다. 소승이 불상을 뵈올 때마다 부인의 옥설 같은 용모를 생각하였사온대, 어찌 부인이 이런 고초를 겪고 계시옵니까?"

사씨가 눈물을 흘리고 전후 곡절을 일일이 얘기하였더니 묘혜가 탄식하였다.

"세상일이 본디 이 같은 것이오니 부인은 너무 슬퍼하지 마옵소서."

부인이 불상을 다시 보니, 외로운 섬 가운데 앉아 있는 관음의 기운이 생생하여 완연히 살아 있는 듯하고, 자기가 지은 찬의 의미가 유락함을 그린 그 그림과 비슷하여 탄식하였다.

"세상일이 다 하늘이 정한 것이니 어쩌겠는가!"

사씨 부인은 이날부터 관음보살에 분향하며 인아와 다시 만날 날을 위해 축원하였다.

어느 날 묘혜가 조용한 때를 틈타 부인에게 물었다.

"부인, 이제 이곳 암자에 머무시며 복색은 어찌하시럽니까?"

"이곳에 머무는 것이 하늘이 정한 뜻 같은데 어찌 남자 옷을 입고 있겠소?"

"내 생각에 유 한림은 본디 현명한 군자이니 한때는 참언을 곧이들었으나 훗날에는 일월같이 깨달아 부인을 맞아 갈 것이옵니다. 소승이 일찍이 스승에게서 수도할 때 사주도 약간 배웠사오니, 부인의 사주를 말씀하옵소서."

사씨 부인이 사주를 말하자 묘혜가 곰곰이 생각하다가 크게 기뻐하며 말하였다.

"부인의 팔자는 앞으로 대길하옵니다. 초년은 잠깐 재앙이 있으나 나중은 부부가 안락하고 자손이 영화를 누려 복록이 무궁할 것이옵니다."

"박복한 인생이 존사의 과한 칭찬을 당치 못하겠으니 어찌 그것을 믿겠소?"

부인과 묘혜가 한담을 하다가 부인이 강상에서 풍파를 만나 인가에 머물었는데 그 집 소녀가 현철하였다고 말하며 칭찬하였다. 그 말을 들은 묘혜가 말하였다.

"부인께서 소승의 질녀를 보셨사옵니다. 그 아이의 이름은 취영인데, 제 어미가 강보에 쌓인 아이를 두고 일찍 죽자 제 아비가 변씨를 취하였으나, 그 아비 또한 죽었사옵니다. 변씨가 취영을 소승에게 주어 머리를 깎고 중으로 삼으라고 하기에, 소승이 상을 보니 귀자를 많이 두어 복록이 완전할 상이라서 변씨에게 권하여 데리고 살라 하였사옵니다. 요사이 소식을 들었더니 그 아이가 매우 효성스러워 모녀가 서로 사랑하며 산다 하더이다. 부인께서 그 아이를 만나보셨사옵니다."

"어진 사람을 얻기는 매우 어려운 일이지요. 내가 사람의 마음을 알지 못한 까닭으로 이렇게 누명을 입고 이 같은 고생을 하고 있으니 어찌 한이 되지 않겠소?"

"모든 일은 분명 하늘이 정한 운수이옵니다. 부인과 소승이 잠시 인연이 있어 이곳에 계신 것이 아니겠사옵니까?"

"내가 어찌 여기 머무는 것을 한하겠소? 다만 내가 집을 떠나 인아의 신세가 외롭게 되었으니 그 아이의 생사가 어찌 되었는지 염려가 적지 않고 또 요사이 집안에 요사한 사람이 있어 한림의 신상에 어떤 재앙이 미치지 않을까 염려하는 마음이 있을 따름이오. 전날 구고의 묘하에 있을 때 구고의 존령이 현몽하시어 이르시기를, '모년 모월 모일에 배를 백빈주에 대어 두었다가 급한 사람을 구하라' 하시고 신신당부하시었는데 그 뜻을 알지 못하겠소. 대체 어떤 사람이 그때 급한 화를 당할 것인지……."

"유 상공의 상은 오복을 다 구비한 상이요, 더구나 유씨 가가 대대로 덕을 쌓았으니 어찌 요화가 오래 침노하겠사옵니까? 또 돌아가신 유 소사의 말씀이 그러하셨으니 그때를 기다려 어기지 말고 사람을 구하시옵소서. 유 소사 어른이 본디 공명정대하신 분이시니 생사를 막론하고 어찌 범연하시겠사옵니까?"

부인이 그 말이 옳다고 여겨 그곳에 머물며 세월을 보냈다.

유모와 차환과 함께 침선방적을 부지런히 하여 암자의 힘을 덜어 주었으니 모든 여승들이 기뻐하며 부인을 극진히 공경하였다.

차설, 교녀가 내당을 차지하고 가사를 총괄하였는데 그 악독함이 날마다 더하여, 비복들이 그녀의 혹독한 형벌을 견디지 못하고 날마다 사씨를 그리워하였다. 교녀는 십랑을 시켜 한림의 총명을 가리는 요물을 내당 사면에 묻어두었다. 한림이 조정에 들어갈 때마다 그 틈을 타서 동청을 백자당으로 청하여 서로 즐기는 정이 부부에 비길 데 없었으니, 그 음란한 거동을 이루 다 말로 할 수 없었다.

하루는 교녀가 동청과 어울려 백자당에서 자고 날이 밝자 동청은 외당으로 나가고 교녀는 피곤하여 늦도록 일어나지 않고 있었다. 한림이 돌아와 내당에 들었더니 교녀가 없어 시비더러 물었더니 백자당에 있다 하거늘, 한림이 백자당에 들어 자고 있는 교녀를 보고 그곳에서 자는 연고를 물었다.

"근래 내당에서 자면 꿈이 산란하고 기운이 좋지 않아 어젯밤은 이곳에서 잤사옵니다."

"부인 말이 옳소. 나도 내당에서 잠만 들면 꿈이 번잡하여 정신이 혼미하다가 나가 자면 편안하였소. 무척 이상하다 의심이 깊더니 부인 또한 그러하다 하니, 점 잘 치는 사람을 불러 물어 봅시다."

한림이 교녀의 말을 의심하지 않고 말하였다.

이즈음 천자께서 서원에서 기도하기를 일삼으며 미신에 빠져 정사에 소홀하자, 간의태후[88] 서세가 글을 올려 간하고 승상 엄숭을 탄핵하였다. 천자가 이를 보시고 크게 노하시어 서세의 관직을 박탈하고 먼 곳에 보내어 충군[89]하게 하라 하셨다.

유 한림이 글을 올려 서세를 구하려 하자 천자께서 한림을 꾸짖으시고 조서를 내려 말씀하셨다.

"이제 이후로 만일 내 기도를 막는 자가 있으면 목을 베리라."

이에 한림이 병을 칭탁하고 조정에 들어가지 아니하였다.

도원관에 도진인이라는 한림과 친한 사람이 있는데 그가 문병하러 왔다. 한림이 모든 사람을 다 내보내고 진인만 남겨 머무르게 하고 내실로 데리고 들어가 기운을 살펴보라고 하였다. 진인이 방 안의 기운을 두루 살피더니,

"비록 대단치는 않으나 좋지는 않소이다." 하였다.

진인이 사람을 시켜 침실의 벽을 뜯자 방예물인 나무로 만든 사람 여럿이 나왔다. 그것을 보고 한림이 대경실색하자 진인이 웃으며,

"이는 구태여 사람을 해하려 하는 것이 아니라, 상공의 시첩이 상공의 총애를 얻고자 한 소행이오이다. 자고로 이런 것은 사람의 정신을 산란하게 하는 계교이니 없애시구려. 또 집안에 좋지 못한 기운이 떠도는구려. 이럴 경우에는 술법에 따르면 '주인이 집을 떠나리라' 하였으니 모쪼록 조

---

[88] 간의태후 중국의 관명. 천자에게 간하고 정치의 득실을 논하는 직책.
[89] 충군 관원이 죄를 범할 때 군역(軍役)에 복무시키던 형벌.

심하여 재앙을 피하시오."

"삼가 명심하겠소."

한림이 진인을 후히 대접하여 보내고 난 후 문득 깨닫는 바가 있었다.

'전에는 집안에 이런 일이 있으면 사씨를 의심하였는데, 이제는 사씨가 없고 더구나 방을 고친 지 오래지 않은데 이런 요물이 있으니 필시 집안에 나쁜 짓을 꾸미는 자가 있는 것이다. 이것을 놓고 보면 사씨가 억울한 누명을 쓴 것이 아닌가?

한림의 마음에 의심이 만단으로 일어나기 시작하였다.

본디 이 일은 교녀가 십랑과 함께 꾸민 일인데 창졸간에 백자당에서 잔꾀를 꾸미려 하다가 내당에서 자면 꿈이 번잡하다 한 것이 결국 진인의 도술로 발각된 것이다.

한림이 비록 교녀가 한 일인 줄 아직 깨닫지는 못하였으나 오래도록 미혹하였던 총명이 돌아온 듯하였다. 한림이 머리를 숙이고 지난 몇 년 간의 일을 곰곰이 돌이켜 생각하며 스스로를 책하였다.

이때 마침 장사로부터 두 부인의 서찰이 왔다. 반가워하며 떼어보니 글월의 뜻이 깊고 아직도 사씨를 내친 줄을 모르고 사씨의 일을 신신당부한 말씀이 너무 간절하여 다시 생각컨대,

'내가 친히 옥지환을 보기는 했지만, 사씨의 사람됨이 현철하니 사씨가 내 준 것이 아니라 시비 중에 누가 도적질한 것이 더 당연하지 않는가? 춘방이 문초를 받을 때 납매 등을 꾸짖고, 종시 죽을 망정 불복하였으니 왜 그리하였겠는가?' 하고 의심하였다.

눈치 빠른 교녀가 한림의 기색이 전과 달라진 것을 보고 크게 두려워하여 감히 계교를 부리지 못하였다. 어느날 교녀는 사씨의 일이 탄로날까 겁내어 동청에게 의논하기를 청하였다.

"내가 한림의 기색을 보았더니 예전과 다르오. 아마 우리 두 사람의 일을 아는 게 아닌가 하니 어쩌면 좋소?"

"우리 일은 지금도 집 안에서 모르는 사람이 없으나 아직 한림의 귀에 들어가지 않은 것은 부인을 두려워하기 때문이오. 만일 한림이 마음이 변하여 부인이 힘을 잃으면 참소하는 자가 많을 것이니 그렇게 되면 우리 두 사람은 죽어도 묻힐 땅이 없을 것이오."

"일이 이렇게 되었으니 어쩌면 좋소? 나는 여자라 좋은 꾀가 없으니 낭군이 좋은 꾀를 생각해 보시오."

"오직 한 가지 방법밖에 없소. 옛말에 당하기 전에 먼저 치라 했으니 적당한 때에 한림의 음식에 독을 섞어 죽이고 우리 두 사람은 백년해로 합시다."

이 말에 잠시 잠자코 있던 교녀가,

"썩 그럴 듯하오. 하나 행여 누설되면 죽음을 면치 못할 것이니 우리 둘이 몰래 합시다."하였다.

이때가 한림이 병을 칭탁하고 조정에 들어가지 않은 지 오래인지라 가끔 벗을 찾아다니며 집을 비웠다. 교녀와 동청은 한림이 없는 때를 타서 서로 은밀한 정을 나누곤 하다가 하루는, 동청이 한림의 책상 위에서 글 하나를 우연히 보게 되었다. 그것은 한림이 지은 글로 동청이 이 글을 두어 번 읽어보고는 문득 기뻐 날뛰며 교녀에게 말하였다.

"하늘이 우리 두 사람으로 하여금 백년해로를 하게 하시려나 보오."

교녀가 의아히 여기며 동청에게 물었다.

"그게 어인 말이오?"

"지난번에 천자께서 조서를 내리시어 '내 기도를 막는 자가 있으면 목을 베리라' 하셨는데, 지금 이 글을 보니 시절을 두고 희롱하여 엄 승상을 간악한 소인에 비하였으니, 이 글을 가지고 가서 엄 승상을 뵈면 엄 승상이 천자께 아뢰어 법으로 다스릴 것이오. 하니 우리 두 사람이 어찌 백년해로를 못 하겠소."

교녀가 크게 기뻐하여 제 뺨을 동청의 뺨에다 대어 음란한 교태를 부리며 말하였다.

"지난번 독살하려던 일은 위험해서 걱정이더니, 이번 계획은 남의 손을 빌어서 처치하게 되었으니 어찌 즐겁지 않겠소?"

그리고 교녀와 동청의 음란한 행사가 무궁하니 이런 악독한 계집이 어디 또 있겠는가.

차설, 동청이 유 한림의 글을 소매에 넣고 바로 엄 승상 부중에 나아가 뵙기를 청하자, 엄숭이 들어오라 하고 물었다.

"무슨 일로 왔느냐?"

"소생은 한림학사 유연수의 문객이옵니다. 그 사람의 말을 들자니, 매양 승상을 해치려고 하는 말뿐으로 비록 그 집에 머물고는 있으나 늘 마음이 불안하였더이다. 그러던 중 어제는 술을 먹고 취하여 소생에게 하는 말이, '엄숭은 천자를 그르치는 소인배다' 하고, 또 지금 세상을 송나라 휘종 시절에 비교하여 '비록 간하지는 못하나 글을 지어 내 뜻을 표하리라' 하고 이 글을 지어 쓰더이다. 소생이 그 글의 뜻을 물었더니 승상을 옛날 유명한 간신들에 비유하여 지금 세상 인심을 노래했다 한즉 소생이 몰래 가졌왔사옵니다."

엄숭이 글을 받아 펴보니 과연 천서와 옥배의 간악함을 풍자하여 지은 글이 분명하자 냉소하며 말하였다.

"흥, 유연수 부자만이 내게 항복하지 않고 거역하더니만 망령된 젊은 것이 나라를 희롱하고 나를 원망하니 죽으려고 작정을 한 것이구나."

곧 그 글을 가지고 궐내에 들어가 천자를 만나 아뢰기를,

"근래 기강이 풀어져 젊은 학사가 국법을 두려워하지 아니하오니 심히 한심하나이다. 이제 성상께서 법을 세우시자 한림 유연수가 감히 상소는 못하고 신원평의 옥배와 왕흠약의 천서로써 신을 모욕하였나이다. 신이야 무슨 욕을 먹어도 참겠사오나 이는 성상을 기롱하는 것이오니 마땅히 국법에 따라 다스리는 것이 옳을 듯하나이다."

하고 국궁(鞠躬)[90]하여 글을 받들어 천자께 올렸다.

천자께서 그 글을 받아 보시고 크게 노하시어 유연수를 금의옥에 가두시고 장차 극형에 처하려고 하셨다.

---

[90] **국궁(鞠躬)** 존경하는 뜻으로 몸을 굽힘.

이 소문을 들은 간의태후 서세가 유 한림이 전에 엄숭에게 몰려서 귀양을 가게 되었을 때 글을 올려 자기를 구하려고 한 것을 생각하고 글을 올렸다.

〈성상께오서 충신을 죽이려 하시나 그 죄상이 무엇인지 알지 못하오니, 청컨대 그 글을 내리시어 만조백관이 알게 하소서.〉

천자가 서세의 상소문을 보이시고,

"유연수가 천서옥배로써 나를 기롱하였으니 어찌 죽음을 면하리오?"

이에 서세가 다시 아뢰기를,

"이 글을 보니 천서옥배로써 성상을 기롱하였다 하나 그것이 분명치 않나이다. 또한 성상을 비유한 한문제와 송진종은 태평성군이니 비록 유연수가 죄를 입더라도 죽을 죄는 아니거늘, 어찌 밝게 살피시지 않으시나이까?"

천자께서 이 말에 잠시 말씀을 잊으시자 좌우에서 간하는 말이 일어났다. 엄숭이 심중에 불평이 일었으나 남의 이목을 가리우지 못하여 선심을 쓰는 척 아뢰었다.

"서 학사의 말이 그러하니 유연수를 귀양 보내시는 것이 마땅할 듯하나이다."

천자께서 허락하시니 엄숭이 유사(有司)에게 명하여 먼 북방 땅 행주로 귀양 보내라고 이르고 집으로 돌아왔다. 엄숭의 집에서 기다리고 있던 동

청이 불만하여,

"그 같은 중죄인을 어찌 죽이지 않사옵니까?"

"간하는 말이 많아 죽이지는 못하였다. 하나, 행주 땅은 수토가 사나워 그곳에 간 사람 중 살아 돌아온 이가 없으니 칼로 죽이는 것이나 진배없다."

동청이 이 말을 듣고 기뻐하여 득달같이 달려가 교녀에게 알렸다.

한림이 불의의 흉변을 만나 귀양길을 떠나는 날, 교녀가 비복을 거느리고 성 밖에 나와 거짓 통곡을 하며 이별하여 가로되,

"상공께서 먼 길을 떠나시는데 소첩이 어찌 홀로 이곳에 남겠사옵니까? 소첩도 상공을 좇아 생사고락을 같이 하겠나이다."

"내 이제 험지에 가면 생사를 알 수 없으니, 그대는 이곳에 머물며 제사를 받들고 인아를 잘 길러야 하고, 아이들이 그대 몸을 의지하여 살아야 하는데 어찌 나와 떠나겠소? 인아가 비록 사나운 어미의 소생이나 골격이 비범하니 거두어 잘 기르면 내 죽어도 눈을 감을 것이오."

"상공의 자식이 곧 소첩의 자식이온대 어찌 봉추와 달리 대하겠사옵니까?"

한림이 재삼 부탁하고 옥에서 나올 때 동청에 대해 들은 말이 있어 집안 사람에게 동청이 보이지 않으니 어찌된 일인가 하고 물었다.

"나간 지 삼사 일이 되었나이다."

한림은 비복이 하는 말을 듣고 대단히 분하지만 관졸이 재촉하니 할 수 없어 관차(官差)[91]를 따라 먼 귀양길을 떠났다.

한림을 귀양 보낸 뒤 동청은 엄숭의 가인이 되었다가 세도를 얻어 진류 현령으로 출세하게 되었다.

"내 이제 진류현령을 하여 모레면 떠날 것이니 함께 가도록 차비를 차리시오."

이 기별을 받은 교녀가 좋아 날뛰며 집안에,

"사촌 종형이 먼 시골서 살고 있었는데 이제 병이 중하여 영결(永訣)하러 오라는 기별이 왔으니 가야겠다."하고 거짓말을 하였다.

그리고 심복 시비 납매 등 다섯 명과 인아와 봉추를 데리고 길을 떠나며 그 나머지 비복들에게 집을 지키라고 명하였다. 모든 비복들이 다 그 명을 받들었으나 인아의 유모가 듣지 않고 교녀를 따라가려고 하였다.

"인아는 젖을 먹지 않아도 되고 또 내가 곧 돌아올 것이니 네가 함께 가서 무엇하겠느냐?"

유모를 꾸짖어 물리치고 금은주옥과 모든 경보[92]를 다 거두어 가지고 집을 떠나니 누가 감히 교녀를 막겠는가?

집을 떠난 교녀가 급히 서둘러 수삼일 만에 하간에 당도하였더니 동청이 이미 부임의 위의[93]를 차리고 벌써 와 기다리고 있다가 서로 만나 반기는 모양이 비할 데가 없었다.

"인아는 원수 사씨의 자식인데 데려다가 무엇하겠소? 일찍 죽여서 화근

---

91. **관차(官差)** 관에 딸린 군노(軍奴).
92. **경보** 간단한 보물.
93. **위의** 위엄이 있는 몸가짐이나 차림새.

을 없앱시다."

동청의 말을 들은 교녀가 그 말을 옳다고 여겨 설매에게 명하였다.

"인아가 장성하면 나와 네가 편치 못할 것이니 빨리 끌어다가 물에 넣어 자취를 없애버려라."

설매가 곧 인아를 안고 강가로 가서 아이를 물에 던지려 하였더니 아이가 죽을 줄도 모르고 천진하게 깊이 잠이 들어 있었다. 설매가 측은한 마음에 차마 아이를 해치지 못하고 눈물을 흘리며,

"사씨 부인의 성덕이 저 깊은 물과 같은데 내가 그분을 모해하고 이제 그 아들을 마저 해치면 어찌 천벌을 면하겠는가?"하고 차마 죽일 수 없어 인아를 수풀 속에 고이 누이고 돌아와 교녀에게 거짓을 고하였다.

"아이를 물 속에 던졌더니 물결 속에 들락날락하더니 곧 가라앉아 보이지 않았나이다."

교녀와 동청이 이 말에 크게 기뻐하며 배에 올라 술을 부어 서로 권하고 거문고를 타고 노래를 부르며, 음란한 행사를 이루 다 말할 수 없이 하였다. 그리고 곧 육지에 내려 위의를 갖추고 진류에 도임하였다.

차설, 유 한림이 금의옥식으로 생활하다가 뜻밖에 귀양살이를 하니 그 고초를 헤아릴 수 없고, 또 수토가 사나워 험악하므로 이에 옛일을 생각하고 뉘우치며 후회하였다.

"사씨가 일찍 동청을 꺼려 조심하라 하더니 이제 그 말이 옳았구나. 내가 화근을 자초하여 사씨를 박대하였으니 지하에 돌아가면 무슨 낯으로

선조를 뵈올까?"

이때부터 밤낮 탄식하여 심화가 병이 되어 죽을 지경이 되었다. 그러나 이곳은 본디 약을 구할 길이 없어 병세는 날로 침중하기만 하였다. 그러던 중 하루는 비몽사몽간에 한 늙은 할미가 병 하나를 가지고 들어와,

"상공의 병이 위중하시니 이 물을 잡수시면 좋을 것이옵니다." 하자 한림이 이상히 여겨 물었다.

"그대는 누구신데 죽어 가는 이 사람을 구하려 하는가?"

"나는 동정호 군산에 사는 사람이옵니다."

노고(老姑)가 이 말만 하고, 병을 뜰 가운데 놓고 홀연히 떠나가자 다시 부르려는 자신의 음성에 번득 깨어 깨달으니 바로 꿈이었다. 매우 이상히 여기던 차에, 이튿날 아침 노복이 뜰을 쓸다가 이상한 낯빛으로 들어와 고하였다.

"마른 땅에서 갑자기 물이 솟아나옵니다."

한림이 괴이히 여겨 창을 열고 보았더니, 바로 꿈에 노고가 병을 놓았던 곳이었다. 물을 떠오라 하여 먹어보니, 맛이 달고 시원하여 마치 감로를 먹은 듯하였다. 그 물을 먹은 즉시 나쁜 수토로 생긴 병이 구름 걷히듯 사라지고 원기 생생하자 보는 사람들이 모두 놀라 신기하게 여기고 탄복하였다.

그 소문을 들은 사람들이 몰려와 물을 나누어 먹고 수토병이 나았는데 그 물이 마르지 않고 흘러 그 지방의 수토병이 근절되었다. 이에 그곳 사람이 감격하여 우물 이름을 학사정(學士井)이라 하고 지금까지 전하여 오

고 있다.

한편 동청은 교녀와 함께 진류현에 도임한 후 재물을 탐하여 백성에게
세금을 가혹하게 받고 온갖 악한 짓을 일삼아 고혈을 착취하더니 그리고
도 부족하여 오히려 엄숭에게 글을 올렸다.

〈진류현령 동청이 고두재배(叩頭再拜)[94]하고 승상 좌하께 글월을
올리나이다. 소생이 미약하나마 정성을 다하여 승상을 섬기고자 하나
고을이 작아서 재물이 부족하오니 마음과 같이 정성을 못 드리나이
다. 하니 보배와 금은이 많이 나는 남방의 관원을 시켜주시면 정성을
다하여 섬기겠나이다.〉

엄숭이 기뻐하여 즉시 남방의 큰 고을의 수령을 시키려고 천자께 진언
하였다.
"진류현령 동청은 재주가 보통사람과 다르고 정사를 잘 다스리니 가히
큰 고을을 감당할 만하옵니다. 하니 성상께옵서 살펴주시기를 바라나이
다."
"경이 보는 바가 그러하면 동청에게 큰 고을을 맡겨 다스리게 하시오."
천자께서 승낙하자 엄숭은 동청에게 금은보화가 많이 나는 계림태수(桂

---

[94] **고두재배**(叩頭再拜) 공경하여 머리를 숙여 재배함.

林太守) 자리를 내주었다.

이즈음 천자께서 태자를 책봉하신 기쁨으로 온 천하의 죄인을 모두 놓아주셨으니 유 한림도 이에 은사를 만나 풀려났으나 서울로 바로 가지 않고 무창에 살고 있는 친척에게로 갔다. 여러 날을 가다가 장사 근처를 지나게 되었는데 마침 때가 6월경이라 한 여름의 폭염으로 길 가기가 어려운 고로 피곤한 몸을 쉬려고 길가의 나무 그늘에 앉았다.

'내, 신령의 도움을 입어 삼 년의 귀양살이에서 수토로 상한 병도 이겨내고 또 은사를 입어 돌아오게 되었으니, 서울로 돌아가 처자를 데려다가 고향으로 돌아가 농사나 짓고 살리라.'

한림이 이런저런 생각에 잠겨 있는데, 문득 북쪽에서 사람들이 요란하게 떠드는 소리가 들리며 붉은 곤장을 든 사령과 자색 깃대를 든 서리가 쌍쌍이 오며 길을 비키라며 호통을 쳤다.

한림이 수풀에 몸을 감추고 보았더니 한 관원이 금안백마(金鞍白馬)에 위의를 거룩하게 빼어 입고 지나가는데 자세히 보니 분명히 동청이었다.

'이놈이 어찌 저렇게 높은 벼슬을 하였는가?'

한림이 가만히 거동을 살펴보니,

'자사(刺史)가 아니면 태수 벼슬을 하였구나. 제가 엄숭에게 붙어서 벼슬을 하였나 보구나.'

한림이 더욱 치미는 분을 못 이기고 있는데, 문득 또 비키라는 소리가 나더니 채의시녀(彩衣侍女) 십여 명이 칠보 금덩이를 옹위하고 지나가는데 그 위의가 또한 자못 당당하였다.

모두 지나간 뒤에 한림이 길에 나와 주점에 들어 점심을 먹으며 쉬고 있는데, 문득 맞은편 집에서 한 여자가 나오다가 한림을 보고 놀라면서 물었다.

"상공께서 어찌 이런 곳에 계시나이까?"

한림이 놀라며 자세히 살펴보니 다름 아닌 사씨의 시비였던 설매였다.

"나는 지금 은사를 입고 귀양이 풀려 성으로 돌아가는 길이다마는 너는 어찌하여 이곳에 있느냐? 그래, 집안은 모두 다 평안하느냐?"

설매가 황망히 한림을 사람이 없는 곳으로 모셔가서 눈물을 흘리며,

"어찌 한 입으로 모든 일을 다 아뢰오리까? 상공께서는 아까 지나간 행차가 누구인 줄 아시나이까?"

"동청이 무슨 벼슬을 하여 가나 보더라."

"뒤에 따르던 행차는 누군 줄 아시나이까?"

"그는 동청의 안사람이 아니냐?"

"동청의 내권이 바로 교 낭자이옵니다. 소비도 일행을 따라가다가 말에서 떨어져 옷을 갈아입으려고 이 주점에 들렀사온데 뜻하지 않게 상공을 뵙게 되었나이다."

한림이 설매의 말을 다 듣고 기가 막혀 한참을 말을 못 하고 있다가,

"세상에 어찌 이런 일이 있단 말이냐? 아무튼 어찌된 사연인지 자초지종이나 듣자꾸나."

갑자기 설매가 머리를 땅에 조아리고 울면서 말하였다.

"소비, 하늘을 속이고 주인을 저버린 죄가 천지에 가득하오니 죄를 사하

여 주옵소서."

"네 죄는 탓하지 않을 터이니 저간 사정이나 자세히 말하여라."

"사씨 부인께서 비복을 은의로 거느리셨는데, 불충한 소비가 미련한 탓으로 납매의 꾀임에 넘어가 옥지환을 도적질하고 장주를 죽게 하였나이다. 그 죄를 쓰시고 부인께서 출거를 당하셨으니 이는 모두 소비의 죄이옵니다. 그 모든 일이 교 낭자가 동청과 사통하고 십랑과 공모하여 한 일이오며, 상공께서 행주로 귀양을 가시게 된 것도 교 낭자가 동청과 계교를 부린 것이옵니다. 상공께서 떠나신 후 교 낭자가 동청과 도망하려고 '형을 보러 간다' 하고 집안 사람들에게 거짓말을 하고 댁의 금은보화를 모두 훔쳐냈나이다. 소비가 비록 배우지 못한 천것이나 이런 해괴한 일은 보지도 듣지도 못하였나이다. 교 낭자가 투기와 형벌이 혹독하여 시비들을 악형으로 위협하니, 소비도 죽을 고초를 많이 당하였나이다."

설매가 팔을 걷어 보이자 불로 지진 자국이 드러났다.

"사씨 부인을 저버리고 교 낭자를 섬긴 것은 어머니를 버리고 범의 입에 들어간 것과 같았사옵니다. 소비가 무엇을 알고 했겠나이까? 다만 납매의 꾐에 빠지고 돈에 팔린 것이오니 만 번 죽더라도 어찌 속죄하겠나이까?"

한림이 설매의 하는 말을 듣던 중에 인아라는 말이 나오자 정신이 어찔해졌다. 정신을 차려 간신히 묻기를,

"인아는 어찌 되었느냐?"

"교녀가 소비로 하여금 공자를 물에 던져 넣으라 하였으나 차마 교씨 말을 따를 수가 없어 갈대 수풀에 숨겨두고 왔사옵니다. 그러니 혹시 근처

사는 사람이 거두어 기르는가 하옵니다."

한림이 잠깐 안색을 펴고,

"인아가 살았다면 너는 나의 은인이다. 그러나 내, 사람답지 못하여 음부에게 속아 무죄한 처자를 보전치 못하였으니 무슨 면목으로 세상에 서겠느냐."

"데리러 온 사람이 밖에 있어 지체하면 의심할 것이니 바삐 한 말씀 고하나이다. 어제 악주에서 행인을 만나 들었는데 어떤 사람은 유 한림 부인이 장사로 가시다가 풍랑을 만나 물에 빠져 죽었다고 하기도 하고, 혹 어떤 사람은 살았다고 하기도 하니 소문이 자세하지 못하나이다."

설매가 부르러 온 시비를 따라 교녀를 좇아갔더니 교녀가 의심하여 늦게 온 연고를 물었다.

"낙상한 데가 아파서 속히 오지 못하였나이다."

본디 교녀가 의심이 많고 간특한 인물인지라 그 말을 믿지 않고 설매를 데려온 시비에게 물었다.

"어찌 더디 온 것이냐?"

"주점에서 한 사람을 만나 이야기를 하더이다."

"그 사람이 어떤 사람이라 하더냐?"

"귀양 갔다 오는 유 한림이라 하더이다."

교녀가 크게 놀라 급히 동청을 불러 가던 행차를 멈추고 의논하였다. 동청도 역시 대경하여,

"이놈이 남방 귀신이 되었는가 하였더니 살아서 돌아왔으니, 만일 다시

득의하면 우리는 살아남지 못하리라."

하더니 건장한 장정 수십 명을 뽑아서,

　"유연수의 머리를 베어 오면 상금으로 천 금을 주겠다. 서둘러라."명하
였다.

　이런 일이 일어나는 것을 본 설매가 일이 발각되어 교씨의 손에 죽을 것
을 겁내어 나무에 목을 매고 죽었는데, 교녀는 그것을 알고 제 손으로 죽
이지 못한 것을 한하였다.

　이때 유 한림은 설매로부터 들은 소식을 생각하며 힘없이 길을 걷고 있
었다.

　'내, 음부의 간교한 말을 듣고 현처를 멀리하여 자식까지 잃어버리고 일
신이 표박하게 되었으니 만고에 죄인이다. 무슨 낯으로 지하에 가서 처자
를 대할 것인가.'

　한림이 악주 땅에 이르러 강가에서 배회하면서 사람을 만나 사씨 부인
의 종적을 물으니 모두 모른다는 대답뿐이었다. 한림이 다시 한 노인을 만
나 사씨 부인의 일을 물었더니,

　"모년 모월 모일에 한 부인이 두 여자를 데리고 악양루에 올라 밤을 지
내고 강가로 내려가는 것을 보았으나 그 뒷일은 알지 못하옵니다."하였
다.

　한림이 슬퍼하며 그 강가를 떠나지 못하고 사방으로 헤매다가 문득 길
가에 소나무의 껍질을 깎고 크게 쓴 글을 보았다.

〈모년 모일에 사씨 정옥은 이곳에서 눈물을 뿌리고 물에 빠져 죽노라.〉

이에 한림이 크게 통곡하다 기절하였더니 시중들던 종자가 황망히 구하였다. 한림은 깨어나자 슬픔을 이기지 못하여 슬피 탄식하였다.

"부인이 현숙한 덕행을 행하였으나 이렇듯 참혹히 죽었으니 어찌 슬프지 않겠는가. 마땅히 제사를 지내어 위로하리라."

길가 술집에 들어가 방을 빌어 제문을 쓰려 하니 마음이 아득하여 눈물이 앞을 가리웠다. 홀연 밖에서 함성이 진동하여, 살펴보니 도적놈들이 창검을 들고 달려오며 크게 외치는 소리가 들렸다.

"유연수만 잡고 타인은 다치지 말게 하라."

한림이 대경하여 동서를 불문하고 달아나는데 멀리 가지 못하여 길이 사라지고 바다 같은 큰 강이 바로 앞을 막아서니 정신이 아득하여 어떻게 할 줄을 모르고 서 있었다.

"유연수가 강가로 갔으니 자세히 찾아라."

뒤에서 한림을 쫓는 도적들이 호통을 쳤다.

한림이 이제는 죽는구나, 하며 하늘을 우러러 탄식하였다.

"내, 죄 없는 처자를 박대하였으니 어찌 천벌을 받지 않겠는가. 남의 손에 죽느니 차라리 물에 빠져 죽으리라."

몸을 던져 물에 빠져 죽으려는 순간 문득 배 젓는 소리가 은은히 들려왔다. 한림이 그 소리를 찾아 급히 나아가니 누가 한림의 위급함을 구할 것인가?

그 다음을 기다리라.

차설, 묘혜가 사씨 부인을 모시고 세월을 보내고 있었다.

하루는 사씨 부인이,

"일찍이 존구께 현몽하시기를 6월 모일에 배를 백빈주에 매어 두었다가 급한 사람을 구하라 하셨는데, 바로 오늘이 그날이니 어서 가야겠소."

하자 묘혜가 그제야 깨닫고 이날 황혼에 배를 저어 백빈주로 향하였다.

한림이 배 젓는 소리를 좇아 강가로 내려오며 물 위를 바라보니, 한 여자가 일엽편주를 저으며 구슬픈 노래를 부르고 있었다.

창파에 달이 밝으니
남호에 흰 마름을 캐리로다.
연꽃이 아름다워 웃고자 하나,
배 젓는 사람이 시름하는구나.

이 노래를 받아 또 한 여자가 화답하였다.

물가의 마름을 캐니
강남에 날이 저물었도다.
동정에 사람이 있어
고인을 만나도다.

한림이 배를 향하여,

"강 위의 사람은 빨리 배를 대어 사람을 구해 주시오."

한 여자가 물가로 배를 대자 한림이 서둘러 배에 오르며 애원하였다.

"도적들이 내 뒤를 쫓고 있으니 배를 빨리 저어 주시오."

한림이 그 말을 마치자마자 뒤에서 도적들이 외치는 소리가 들렸다.

"배를 도로 대라. 그렇지 않으면 너희들을 다 죽이겠다."

하나 여자는 짐짓 못 들은 체하고 배를 빨리 저어 그들을 피해갔다. 다시 도적들이 크게 소리치며 배를 불렀다.

"너희 배에 올라탄 놈은 살인자다. 계림태수께서 잡으라는 놈이니 잡아오면 큰 상을 내리실 것이다."

한림이 이 소리를 듣고 그 사람들이 도적이 아니라 동청이 보낸 놈인 것을 알고 놀라 여자들에게 호소하였다.

"나는 한림학사 유연수란 사람이요, 난 살인한 적이 없소이다. 저놈들이 꾸며서 하는 말이니 믿지 마시오."

그 여자가 배에 돛을 달고 노를 급히 저으며 노래를 부르기 시작하였다.

창오산[95] 저문 하늘에
달이 밝으니
구의산 구름이 스러지는구나.
저기 저 속객은
독행 천리 무슨 일로 부질없이 가는가.

[95]. **창오산** 일명 구의산. 순 임금이 여기서 죽었다 함.

이때 한림은 이 늙은 여승의 노래가 무슨 뜻인지 헤아려 볼 생각도 하지 못하고 여승을 따라 배 안으로 들어갔더니 한 부인이 소복담장(素服淡粧)[96]으로 앉았다가 한림을 보더니 슬피 울었다. 한림이 놀라 자세히 보니 바로 사씨 부인이 아닌가. 슬프고 반가움을 이기지 못하여 서로 붙들고 일장통곡하였다.

"부인을 여기서 만나다니 이것이 웬 일이오?"

한림이 먼저 한훤(寒喧)[97]을 편 후 길이 탄식하여 하는 말이,

"내, 이제 무슨 낯을 들고 부인을 보겠소. 부끄러움을 이기지 못하여 할 말이 없소. 그러나 부인, 정신을 진정하고 어리석은 연수의 불명함을 들으시오."하였다.

한림이 부인이 집을 떠난 후의 전후 사정을 다 말하며, 교녀가 십랑과 더불어 방자한 것이며, 또 설매가 옥지환을 도적질하여 동청에게 주고, 동청이 냉진을 보내 속인 것들을 말하였다.

한림이 하는 말을 다 들은 사씨가 눈물을 흘리며 흐느껴 울었다.

"상공께 이런 말씀을 아니 들었으면 소첩이 구천에 간들 어찌 눈을 감았겠습니까?"

한림이 또 납매가 장주를 죽이고 설매에게 시켜 춘방에게 누명을 씌운 일이며, 동청이 엄숭에게 참소하여 자기를 사지에 보낸 일과 교녀가 집안 보물을 다 가지고 동청을 따라간 것을 말하자 사씨 부인은 말이 막혀 잠자

---

[96] **소복담장(素服淡粧)** 흰옷을 입고 엷게 화장을 함. 또는 그렇게 한 차림.

[97] **한훤(寒喧)** 날씨가 춥고 더움에 대하여 말하는 인사. 한온(寒溫).

코 눈물만 흘렸다.

"다른 것은 다 참을 수 있으나 인아가 어미 아비를 잃고 강물 속의 무주고혼(無主孤魂)[98]이 된 듯하니 어찌 견딜 수 있겠소."

한림이 탄식하며 눈물을 비오듯 쏟으니, 사씨는 아무 말도 못 하고 있다가 이 말을 듣고 '애고' 한 마디 소리를 지르며 곧 기절하고 말았다. 한림은 황망히 부인을 구하여 달래며 말하였다.

"설매의 말을 들으니 제가 차마 죽이지 못하고 물가 수풀에 숨겨 두었다 하였으니, 혹시 하늘이 살피시면 행여 살았을지도 모를 일이오이다."

"설매의 말을 어찌 믿을 수 있겠습니까. 설사 수풀에 두었다는 말을 믿는다 하더라도 그 어린것이 어찌 살아 있기를 바라겠습니까?"

사씨 부인과 한림이 이렇듯 흐느끼며 문답하다가 슬픔을 이기지 못하여 크게 통곡하였다.

"아까 소나무에 새겨진 글씨를 보았더니 분명 부인이 물에 빠져 죽은 유서가 분명하므로 길가의 여관에 들러 고혼을 위로하는 제문이나 지어 제사를 지내려다가 동청이 보낸 무리를 만나 죽을 지경에 이르렀는데 뜻밖에 부인을 만나 구사일생하였소. 한데 대체 부인은 어떻게 이곳에 와서 나를 구하게 된 것이오?"

"소첩이 고구의 묘하에 있을 때 도적이 편지를 위조하여 위급한 화를 당할 뻔하였는데 구고께서 현몽하셔서 소첩을 위기에서 구해 주시며, 모년 모월 모일에 배를 백빈주에 매어 급한 사람을 구하라시며 일일이 당부하셨습니다. 다행히 저 스님을 만나 여태껏 의지하였으며, 오늘 저 스님의 덕택으로 상공을 구하였습니다. 아까 보셨다는 소나무의 글을 쓰고 죽으려 할 때 저 스님이 구해주셔서 목숨을 부지하였습니다. 한데 이곳에서 상공을 만날 줄을 누가 알았겠습니까?."

"우리 부부의 두 목숨을 모두 묘혜 스님이 구한 것이니 그 은혜가 태산 같소이다."

한림이 예를 갖추어 묘혜를 향하여 절하고 사례하였다.

"스님은 본디 우화암에 있던 묘혜 선사가 아닌가? 당초에 우리 부부의 혼사를 주선하고 이제 또 우리 부부의 목숨을 구하였으니, 하늘이 우리 부부를 위하여 스님을 내셨는가 보오."

"상공과 부인의 천명이 거룩하시기 때문이지 어찌 소승의 공이겠사옵니까? 그러하오나 여기는 오래 말씀할 만한 곳이 아니니 소승의 암자로 가시옵소서."

묘혜가 배를 저어 나가자 순풍이 불어 곧 암자가 있는 섬에 닿았다. 수월암에 이르러 묘혜가 객당을 청소하고 한림을 맞아 차를 드릴 때 유모와 차환이 한림의 모습을 보고 일희일비하였다.

한림이 사씨 부인을 보고 말하기를,

"내 이제 호구(虎口)의 화는 벗어났으나 의지할 곳이 없고 가업은 이미 황폐하였으니 무창에 가서 약간 전장[99]을 수습하고 앞날을 정한 뒤에 서울에 올라가서 가묘를 모셔와 앞날의 죄를 사죄하고자 하니, 부인이 나를 버

---

98. **무주고혼(無主孤魂)** 주인이 없이 돌아다니는 외로운 혼령.
99. **전장** 소유하고 있는 논과 밭. 장토(庄土).

리지 않으시려거든 동행하기를 바라오."

"상공께서 첩을 더럽다 아니하시면 제가 어찌 명령을 거역하겠습니까? 당초에 첩을 출거하실 때 친척을 모으고 가묘에 고하였사옵니다. 한데 이제 첩이 댁으로 그냥 돌아가는 것은 예에 어긋나지 않을까 하옵니다. 비록 죄를 짓지는 않았사오나 사람을 대하는 것이 부끄럽습니다. 출거한 사람이 다시 들어가는데 예가 없지 않을 것이니, 예법을 좇아 행함이 좋을 듯하옵니다."

"내가 불민했소이다. 내가 먼저 가서 가묘를 모셔오고, 인아 소식을 수소문한 후에 예를 갖추어 모셔가겠소."

"그것은 그러하오나 상공께서는 혼자 몸이시라 도적을 만나면 위험하니 조심하여 가십시오. 동청이 도적을 보내어 상공을 잡지 못하였으니 필연 다시 잡으려 할 것입니다. 원컨대 상공, 성명을 감추고 변복하고 떠나십시오."

한림은 부인의 말이 옳다고 하고, 한림이 부인과 묘혜에게 작별를 한 후 길을 떠나 여러 날 만에 무창에 도착하여 약간 남은 재산을 수습하고 가묘를 수축하고 노복에게 농사일을 잘 경영하라 단단히 일렀다.

차설, 동청이 교녀와 함께 계림으로 가던 중에 유 한림이 은사를 입어 돌아온다는 소식을 듣고 크게 놀라 장정들을 보내 목을 베어오라 하였으나 한림을 쫓아간 자들이 실패하고 돌아오자 당황하여 어찌할 바를 몰랐다.

"이제 유연수가 서울에 가면 우리의 죄상을 천자께 아뢰어 분을 풀려고 할 것이니, 어찌 마음을 놓을 수 있겠소."

동청이 교녀에게 의논하고 심복 부하들을 시켜,

"유연수를 극력 수색하여 잡아들여라." 하였다.

이때 냉진이 의지할 곳이 없어 생각한 끝에 큰 벼슬을 한 동청에게 가서 의지하리라 하고 찾아가니 동청이 환대하며 심복으로 삼았다. 동청과 냉진은 힘을 합하여 악행을 하여 백성들을 가렴주구하고 길가는 행인을 꾀어 죽이고 재물을 빼앗았다.

이리하니 남방사람 중 그 누가 동청을 미워하며 죽이려고 하지 않겠는가마는 승상 엄숭의 세도를 두려워하여 입을 열지 못하였다.

교녀는 계림에 간 지 오래지 않아 그 아들 봉추가 병들어 죽자 아들 잃은 슬픔을 이기지 못하였다. 동청이 큰 고을 일이라 관사로 바빠 몸소 여러 군데를 돌아다니게 되어 집을 비우는 날이 많자, 냉진이 그 집의 안팎 일을 맡아보게 되었다. 그러자 교녀는 동청의 눈을 속이고 냉진과 사통하기를 마치 유 한림의 집에서 한림의 눈을 속이고 동청과 사통하듯 하였다.

동청은 엄숭의 비호를 받고자 그를 섬기기를 더욱 극진히 하여 십만 보화를 갖추어 엄 승상 생신에 바치려고 냉진을 시켜 서울로 올려보냈다. 한데 냉진이 서울에 와서 보니 엄숭의 권세는 이미 무너진 때였다.

천자께서 엄숭의 간악함을 깨달으시고 삭탈관직하여 옥에 가두고, 그의 재산을 몰수하는 중이었다.

냉진이 놀라 이제 잘못하면 화가 자기에게 미칠 것을 두려워하였다.

'동청의 죄가 많으나 사람들이 모두 엄숭을 두려워하여 감히 말을 못 하였는데, 이제 이렇게 되었으니 내가 살려면 꾀를 써야 할 것이다.'

이에 냉진이 등문고(登聞鼓)[100]를 쳐서 억울함을 호소하였다.

법관이 잡아 무슨 억울함인지 묻자, 냉진이 태연히 말하였다.

"소생은 북방 사람으로 남방에 다니러 갔다 왔사온대 계림태수 동청이 악독하여 학정을 일삼을 뿐 아니라 백성을 못살게 하고 행인을 죽이고 재물을 빼앗으니 그 죄가 헤아릴 수 없나이다."

법관이 냉진이 대는 연유를 고하자 천자께서 크게 노하시어 금오관을 보내어 동청을 잡아 가두라고 명하시고 조사하게 하니 냉진의 말과 조금도 다름이 없었다.

조정에 엄숭이 없으니 누가 동청을 구하겠는가. 동청이 재물을 바쳐 살 길을 찾으나 누가 그 말을 듣겠는가.

그는 속절없이 잡혀와 장안 거리에서 목 베여 죽고 그 가산도 적몰(籍沒)[101] 당하였는데 황금이 사만 냥이요, 금주보배는 다 헤아릴 수 없었다.

냉진은 계림으로 사람을 보내어 교녀를 서울로 데려왔으나 서울에 있는 것이 불편하여 산동으로 옮겨가기로 하였다. 본디 교녀와 냉진은 서로 살기를 원하였고, 교녀는 보배를 많이 지녔으며 냉진은 십만 금화를 가졌으니, 두 사람은 좋아라 날뛰며 재물을 싣고 산동으로 향하였다. 산동으로

---

100. **등문고(登聞鼓)** 대궐 문루에 달아 백성이 원통한 일을 하소연할 때 치던 북. 신문고(申聞鼓).
101. **적몰(籍沒)** 죄인의 재물을 모두 빼앗고 가족도 처벌하는 일.

가던 중 한곳에 이르러 주점에 들었는데 둘은 술에 만취하여 굴러 잠들었다. 냉진의 짐을 싣고 가던 마차꾼 정대관이란 자는 본디 도적이었는데 냉진의 행장에 재물이 많은 것을 알고 욕심이 생겨 이날 밤을 노려 몽땅 도적질하여 가지고 달아나 버렸다.

냉진과 교녀가 아침에 잠을 깨어 행장을 찾았으나 남은 것이 하나 없었다. 머물던 고을에 소장을 내었으나 어찌 잡을 수 있겠는가.

이때 천자께서 조회를 받으시며 각 읍 수령의 정사를 탐문하시는 중에 동청의 죄상을 보시고,

"이런 도적놈을 누가 천거하여 벼슬을 시켰느냐?" 하고 통탄하시었다.

그러자 서각로가 아뢰었다.

"엄숭이 천거하여 진류현령에서 계림태수까지 승차시켰나이다."

"그러면 엄숭이 천거한 자는 다 소인이요, 엄숭이 배척한 자는 다 어진 사람이로구나."

천자께서 곧 이부에 명하시어 엄숭이 천거한 사람 수백 명을 삭직케 하고 귀양갔던 신하들을 다 불러 쓰셨는데, 간의태후 서세는 도어사로 하시고, 한림학사 유연수는 이부시랑을 삼으셔서 과거를 실시하여 천하의 인재를 구하셨다. 이때 사 급사의 아들 희랑이 과거에 급제하여 가문의 이름을 빛나게 하였다.

차설, 사씨가 두 부인을 좇아 남방으로 떠날 때 사 공자는 그 사정을 이

미 풍편으로 듣고 대강 알고 있었다. 한데 사 공자가 서신을 보내려고 할 때 두 추관이 이직하여 성도로 떠나자 미처 보내지 못하고 말았던 것이다.

그리하여 사 공자가 사씨가 장사로 들어가려다 중간에 낭패한 사실도 모르고 급히 서둘러 배를 타고 장사로 들어가려 하였으나 또 마침 들리는 말로 두 추관이 순천부사로 영전되었다는 것을 알았다. 마침 과거 날이 가까워졌으므로 두 추관이 올라오기만을 기다리며 과거 준비를 하였다.

곧 두 추관이 상경하였다는 소식을 듣고, 사 공자가 즉시 찾아가 누이의 소식을 물으니, 두 부사가 눈물을 흘리며 슬퍼하였다.

"나도 듣지 못하였소. 소제가 장사에 있을 때 부인께서 남으로 가는 배를 얻어 타고 내게 의지하려고 오시다가 중도에서 낭패하시어 마침내 물에 빠져 자결하셨다는 말을 듣고 부인의 소식을 알고자 사람을 보내어 두루 찾았으나 찾을 길이 없었소이다. 그곳 사람들 하는 말이 '유 한림이 이곳에 와서, 빠져 죽는다는 내용이 담긴 사씨 부인의 필적을 보고 슬퍼하며 제사를 지내려다 그날 밤에 도적에게 쫓기었는데 어디로 갔는지 모른다.' 하오. 또 조정에서도 유 한림을 찾으나 아는 이가 하나도 없소."

"그러면 누이와 매부는 정녕코 살지 못하였나 보오."

사 공자가 슬퍼하며 통곡하기를 그치지 않자 두 부인이 사 공자를 불러 위로하고 각처로 사람을 보내어 탐문하였다.

얼마 지나지 않아 과거 날이 되고 사 공자가 둘째 방에 뽑히어 곧 강서 남창부(府) 추관을 제수 받았다. 남창은 장사에서 멀지 않은 곳이라서 사 공자는 벼슬의 영귀함보다 누이의 거처를 알게 될 생각에 못내 기꺼워하며 즉시 가족을 거느리고 부임하였다.

　차설, 유 한림은 성명을 감추고 변복하고 행세를 하여 그가 누구인 줄 아는 사람이 없었다. 한림은 비복들에게 농사를 힘써 짓게 하여, 양식을 군산 수월암에 보내어 부인에게 보내고 소식을 알아오라고 보내었다.

　돌아온 가동이 고하였다.

　"부인은 무탈하시나이다. 한데 악주관문에 상공을 찾는 방이 붙어 있었나이다. 옆사람에게 그 연고를 물었더니 그 사람이 말하기를, '천자께서 유 한림을 이부시랑에 제수하시고 사신을 행주에 보내 찾았으나 상공의 종적을 몰라 각처에 방을 붙여 찾는 중이다' 하였으나 소복이 감히 관에 바로 고하지 못하고 그냥 왔나이다."

　가동의 말을 들은 한림은 속으로 생각하였다.

　'엄숭이 권세를 잡고 있다면 내 어찌 이부시랑을 하겠는가. 그렇다면 엄숭이 쫓겨났나 보구나.'

　한림은 곧 무창에 나아가 태수에게 성명을 통지하자, 태수가 놀라 반기며 급히 맞아들였다.

　"천자께서 선생을 이부시랑에 제수하시고 소명이 급하셨는데, 이제 어디에서 오시는 길이옵니까?"

　"소생이 뜻이 있어 성명을 감추고 다녔는데, 천자께서 엄숭을 내치시고 소생을 부르신다는 말을 듣고 왔소이다."

　한림이 태수에게 이렇게 답하고, 사람을 군산에 보내 부인에게 이 일을 알렸다. 이제 유 시랑이 된 연수는 오래 머물지 못하고 천자가 계신 서울로 역마를 몰아 올라갔다. 유 시랑이 남창부에 이르자 지방 관원이 모두 나와서 명함을 드리며 맞았는데, 그중 한 사람의 성명이 사경안이었다. 처음에는 피차간 누구인지 몰랐다가 서로 만나자 채 말을 나누기도 전에 그 관원이 눈물로 얼굴을 적시자, 괴이히 여겨 묻자 관원이 대답하였다.

"누님과 한 번 이별한 후 생사를 모르고 있다가 이제 자형을 만나게 되니 어찌 슬프지 않겠습니까!"

유 시랑이 그제야 그 관원이 사 공자인 것을 알고 반갑게 손목을 잡으며 한숨 지으며 탄식하였다.

"내 혼암(昏闇)하여 죄없는 자네의 누이를 내쳐 갖은 고초를 겪게 하고 내 스스로 간인의 화를 당하였으니 무슨 할 말이 있겠나. 누님은 다행히 여승 묘혜가 구하여 지금 군산 수월암에 편히 있으니 염려 마시게."

"누이의 생존은 매형의 복이요, 묘혜의 은혜입니다."

"자네, 너무 마음 상하지 마시게. 천은이 이렇듯 넓고 크시니 어찌 다 갚을 수 있을까. 나의 박덕으로 어찌 이런 복을 얻었을까."

유 시랑과 사 공자는 서로 술을 권하여 이야기를 나누다가 훗날을 기약하고 이별하였다.

유 시랑이 서울에 올라가 황제를 뵙고 사은(謝恩)하자 천자께서 친히 불러 보시고 엄숭을 믿어 유연수를 고생시킨 일 등을 후회하였다. 유 시랑은 천자의 은혜에 감격하여 머리 숙여 감사함을 표시하고,

"성은이 하해와 같사오니 미천한 신하, 황감하나이다. 신이 용렬하여 책

임을 감당치 못하겠사오니, 벼슬을 거두어 주시기를 바라나이다."

"경의 뜻이 굳어 특별히 강서백(江西伯)을 내리겠으니 인심찰직(人心察直)[102]하시오."

시랑이 사은하고 본부에 이르자, 옛집의 모습이 황량하고 뜰 가운데 잡초가 무성하여 주인을 잃은 것 같았다. 슬픔을 못 이겨 사당에 나아가 통곡하며 사죄하고 두 부인을 찾아가 뵙고 사죄하자, 두 부인은 눈물을 흘리며 맞았다.

"내가 여태껏 살아 현질을 다시 보니 지금 죽어도 여한이 없다. 그러나 네 조종향사(祖宗享祀)[103]를 폐한 지 오래이니 그 죄가 어찌 가볍겠느냐?"

"소질의 죄는 만 번 죽어도 부족합니다만 다행히 부부가 다시 합쳤사오니 죄를 용서하여 주십시오."

두 부인이 그 말에 기쁨을 감추지 못하고,

"모든 일은 다 현질의 액운이었다. 옛말에 현인에게는 복을 내리고 악인은 재앙을 만난다고 하였으니, 네 이제 회과자책(悔過自責)[104] 하겠느냐?"

유 시랑이 저간 있었던 전후 사연을 일일이 고하자 두 부인이 눈물을 씻고,

"이런 일이 어찌 세상에 또 있겠느냐!" 하였다.

모든 친척이 찾아와 시랑에게 하례하였고, 비복들은 반기며 눈물을 씻

---

[102] **인심찰직(人心察直)** 인심을 올바로 보살핌.

[103] **조종향사(祖宗享祀)** 조상의 제사.

[104] **회과자책(悔過自責)** 자기의 잘못을 비판하여 허물을 뉘우치고 제 스스로 책망함.

었다. 유 시랑이 가묘에 분향하고 조정의 영위를 모셔 강서로 떠나려 하자, 두 부인이 사씨를 보고 싶은 마음에 눈물을 흘리며 시랑을 배웅하였다. 시랑 또한 섭섭함을 이기지 못하였다.

유 시랑이 즉시 강서를 향해 길을 떠나는데 갖추어 입은 위의가 자못 거룩하였다.

이때 사 추관이 유 시랑에게 누이를 맞아오겠다고 말하자,

"자네가 먼저 떠나게. 나는 강가에 가서 맞는 것이 마땅할 것이네."하고 허락하였다.

사 추관이 기뻐하며 위의를 차려입고 군산으로 향하였다. 사 추관이 군산에 다다르자 사씨 부인이 나와 반갑게 맞으며 슬픔을 이기지 못하고 그 동안 그리웠던 회포를 풀었다.

사씨 부인이 추관이 전하는 시랑의 서신을 받아보니 시랑이 방백(方伯)[105]이 되었는지라 기뻐하며 묘혜에게 사은하고 보내 온 예물을 주었다.

"이 모든 것이 부인의 복인데, 어찌 소승의 공이라 하겠사옵니까?"

이튿날 사 추관과 사씨 부인이 암자를 떠나려 하자 묘혜와 여러 승려가 산에서 내려와 작별인사를 하는데 서로간에 애틋하여 차마 잡은 손목을 놓지 못하였다.

길을 떠나 강서지경에 이르자 시랑이 벌써 와 기다리고 있었는데 비단 장막이 강가를 덮고 옥절홍기(玉節紅旗)[106]가 사방에 늘어서 있었다.

---

105. **방백(方伯)** 관찰사.

시비가 새로 지은 의복을 부인에게 올리자 칠 년 동안 입었던 소복을 벗고 화복(華服)[107]으로 갈아입고 부부가 서로 상봉하니, 세상에 이처럼 경사스런 일이 또 있겠는가!

배를 타고 길을 떠나 강서에 이르러 고향집에 들어가자 비복들이 나와 맞으며 모두 기뻐 날뛰었다. 시랑 부부는 바로 가묘에 나가 절하고 축문 지어 부부 재결합을 고하는데 그 글의 뜻이 간절하였다. 강서 대소 관원이 모두 나와 예단(禮單)[108]을 드려 하례하고, 또 사 추관에게 치사하였다.

사씨는 집으로 돌아오면서부터 인아를 생각하고 소식을 알고자 하였으나 결국 그 종적이 망연하여 알 길이 없었다.

어느덧 십 년이 흐르자, 부인이 유 시랑을 대하여 말하였다.

"소첩이 지난 날 사람을 그릇 천거하여 집안이 탁란(濁亂)하였으니 그 일을 생각하면 통탄할 따름입니다. 하나 지금은 그때와 다르고 첩의 나이 사십에 이르렀으나 생산치 못한 지 십 년입니다. 내, 다시 상공을 위하여 숙녀를 천거하여 아들을 얻고자 합니다."

"부인 말씀은 고마우나, 지난날 교녀로 말미암아 인아의 생사를 알지 못하니 그 원통함이 골수에 박혔소이다. 한데 어찌 다시 잡인을 집안에 들이겠소."

"소첩이 상공의 마음을 어찌 짐작하지 못하겠습니까마는 여태 인아의

106. **옥절홍기(玉節紅旗)** 출발을 알리는 붉은 깃발.
107. **화복(華服)** 물감을 들인 옷.
108. **예단(禮單)** 예폐를 적은 목록. 예폐는 경의를 표하기 위하여 보내는 물건.

생사도 모르거니와, 사속(嗣續)[109]이 없으니, 지하에 돌아가 무슨 면목으로 구고를 뵙겠습니까?" 하고 사씨 부인이 눈물을 흘리자,

"비록 부인의 말씀이 맞기는 하나, 부인이 아직 단산할 때가 아니니 그런 불길한 말씀은 마시오."

이리하여 부인이 이런저런 생각을 하다가 묘혜의 질녀가 현숙하고 귀자를 둘 팔자라 했던 것을 기억하고, 그 나이를 헤아려 보더니 이미 성인이 되었을 것이다 하며 몹시 그리워하였다.

부인이 다시 시랑에게 청을 하였다.

"소첩의 늙은 창두가 조난당한 배에서 죽었사오니 그 영혼을 위로해 주고 싶습니다. 또 황릉묘를 새로 수축하고 묘혜가 머무는 수월암을 중수하여 은혜를 갚았으면 합니다. 또 묘혜의 질녀 임씨에게도 은혜를 갚았으면 합니다."

유 시랑이 부인의 말이 당연하다 하며 황릉묘를 중수하고 창두의 시체를 찾아서 관곽을 갖추어 다시 장사지내고 묘혜와 임씨에게 금과 비단을 보내어 후사하였다. 묘혜는 즉시 수월암을 중수하고 군산 동구에 탑을 세워 이름을 부인탑이라 하였다.

차환이 황릉묘에 가는 길에 화룡현 임가에 들렀더니 그의 계모 변씨는 죽고 임 낭자 혼자 집을 지키고 있다가 시비를 보고 물었다.

"어디서 왔는가?"

---

109. **사속(嗣續)** 집안이나 아버지의 대를 이음.

"낭자, 저를 몰라보시겠나이까? 저는 전에 사씨 부인을 모시고 장사로 가던 시비 차환이라 하옵니다."

낭자는 그제야 깨닫고 놀라며,

"이제야 알겠네."하며 사씨 부인의 안부를 물었다.

부인이 누명을 벗고 본가로 돌아갔다는 말을 듣고 크게 기뻐하며 치하하였다.

곧 차환이 부인이 보낸 채단[110]과 서간을 드리자, 임씨는 감격하며 받아 글을 읽어보니 사연이 매우 정답고 친절하여 다시 한 번 만나뵙기를 원하였다.

차설, 교녀의 명을 받은 설매가 인아를 물에 던지려다 차마 못하고 가만히 강가 수풀에 놓고 간 후에 인아는 잠에서 깨어 큰 소리로 울었다.

마침 남경으로 장사하러 가던 뱃사람이 우는 아이를 찾아보자 생김새가 비범한 것을 보고 배에 싣고 가다가 풍파를 만나 화룡현에 이르자 아이를 육지에 내려놓고 갔다.

이때 임씨와 계모 변씨가 더불어 함께 자다가 강가에 기이한 기운이 뻗치는 것을 보고 놀라 깨니 꿈이었다. 임씨가 괴이히 여겨 급히 나가 보았더니 울 밖에 한 아이가 누워 있는데 용모가 시원하게 생긴 것이 귀여워 거두어 안고 들어오자 변씨가 크게 기뻐하며 고이 길렀다. 변씨가 죽고 장

---

[110]. **채단** 비단을 통틀어 이르는 말.

례를 마치자 동리 사람들이 임씨의 현철함을 칭찬하여 혼인하기를 청하였으나 아직 출가하지 않고 있었다.

사씨 부인이 임씨가 아직 출가하지 않았다는 말을 듣고 시랑에게 권하였다.

"소첩이 장사로 갈 때에 연화촌에 들어가 임씨 여자를 보았는데 매우 아름답고 양순하였습니다. 이 여자를 데려다가 가사를 맡기고자 합니다."

유 시랑이 마지못하여 허락하자, 사씨 부인은 곧 시비와 가마꾼을 보내어 임씨를 데려오라 명하였다.

차환이 연화촌에 찾아가 임씨에게 이 말을 전하자, 기뻐하며 집안의 가사를 처리하고 아이를 데리고 함께 사씨를 뵈러 갔다. 임씨가 부인을 보고 반겨 기뻐하기가 말로 이루 다 할 수 없었다.

사씨 부인은 친척들을 모아 잔치하고 임씨를 유가에 맞아들였다. 임씨의 용모가 매우 아름다우므로 유 시랑은 마음속으로 기뻐하며 부인에게 말하기를,

"임씨의 얼굴이 아름답고 덕성이 현철하니 다행한 일이기는 하지만, 내가 부인께 정이 덜할까 두렵구려."하였다.

사씨 부인의 시랑의 말에 미소만 보일 뿐 말이 없었다.

하루는 인아의 유모가 임씨 방에 들어가서 눈물을 흘리며 말하였다.

"요전에 시비가 하는 말을 들었는데, 낭자의 남동생이 소비가 모시던 공자와 똑같이 생겼다 하니 한 번 보았으면 하옵니다."

유모의 말을 이상히 생각한 임씨가 물었다.

"공자를 어느 곳에서 잃었는가?"

"순천부에서 잃었사옵니다."

임씨가 마음속으로 생각하기를,

'남경에서 순천부까지가 천 리인데, 공자가 어찌 남경 땅까지 왔겠는 가?' 하며 의심하였으나 시비를 불러 인아를 데려오라 하였다.

유모가 눈을 들어 보니 어릴 때의 공자와 똑같이 생긴지라 반가운 눈물이 비 오듯 하였다.

"이 아이는 실은 내 모친의 소생이 아니라, 모년 모월 모일에 버려진 아이를 얻었는데 용모가 비범하여 거두어 길러 남매가 된 것일세. 이 아이의 얼굴이 공자와 같다면 무슨 연고가 있는가 하네."

이때 아이가 유모를 보고 놀라 울며 말하였다.

"유모, 나를 알아보지 못하느냐?"

유모가 이 말을 듣고 울며 말하였다.

"분명 우리 공자이옵니다. 그렇지 않으면 어찌 나를 알아보고 이렇게 말하겠사옵니까?"

"이 아이가 비록 제 이름은 기억하지 못하나 예전에 귀히 길러졌던 것과 남경 장사꾼이 버리고 갔다고 사연을 말하였네."

유모가 임씨의 말에 크게 기뻐하며 급히 부인께 달려가 전하자 부인이 이 말을 듣고 엎어질락자빠질락하며 임씨 방으로 달려와 공자를 보고 말하였다.

"네가 나를 알아보겠느냐?"

아이가 부인을 자세히 보다가 달려와 부인의 가슴에 안기며 울었다.

"어머니는 소자를 몰라보십니까? 소자, 어머니께서 집안을 떠나신 후로 언제나 생각하였습니다. 서모가 나를 데리고 멀리 가다가 소자가 잠든 사이에 강가 수풀에 버리고 가버렸습니다. 소자가 깨어 큰 소리로 울자, 어떤 사람이 배를 타고 가다 보고 데려가다가 또 남의 집 울밑에 놓고 갔습니다. 그때 그 집의 은모(恩母)가 저를 거두어 길러주시어 전보다 편안하게 지냈는데 이제 뜻밖에 어머니를 뵈오니, 지금 죽어도 여한이 없습니다."

부인이 이 말을 듣고 미친 듯이 기뻐하며 인아를 안고 대성통곡하였다.

"이것이 꿈이냐, 생시냐? 내, 너를 다시는 보지 못할까 하였더니, 오늘날 이렇게 보게 되니 이 어찌 하늘의 도우심이 아니겠느냐!"

부인이 곧 시랑에게 인아를 찾았다고 고하자, 시랑이 급히 달려 들어왔다. 시랑이 그 자초지종을 다 듣고 함께 기뻐하며 임씨를 칭찬하며 사례하였다.

"오늘날 부자가 상봉하여 기뻐함은 모두 다 그대의 공이오. 어찌 그 은혜가 적다 하겠소. 이후로는 여한이 없을 것이오."

"황송하옵니다. 오늘날 부자가 상봉하심은 존문의 은덕이시니, 어찌 첩의 공이겠사옵니까? 부인의 성덕현심(成德賢心)을 신명이 감동하신 것이옵니다."

시랑이 또한 그 말도 옳다 하였다. 온 집안이 축하하며 인아를 보니 장부의 체격이 발원하여 떠날 때보다 더 준수하여 칭찬하지 않는 이가 없었다.

친척이 모두 모여 임씨에게 치하하고 상하 비복이 기뻐 날뛰며 임씨를 소중히 여기기를 부인 버금으로 하였다. 사씨 부인 또한 임씨를 동기같이 사랑하니, 임씨 또한 사씨 부인 섬기기를 극진히 하자, 집안 사람들이 임씨의 현숙함을 보고 새삼 교녀를 절치(切齒)[111]하며 그 종적을 알아보았다.

차설, 교녀는 동청이 죽은 후로 냉진과 같이 살았는데 냉진이 망하자 낙양으로 도망가 청루[112]에 들어가 창기가 되어 이름을 칠랑(七娘)이라 하였다. 교씨가 웃음을 팔아 낙양부 사람들의 재물을 낚으며, 자신이 장경 한림학사의 부인이라고 큰소리를 치므로 낙양 사람 중 교녀를 모르는 사람이 없었다.

사씨 집안의 차환이 마침 낙양에 왔다가 칠랑의 유명한 평판을 듣고 청루에 갔다가 술집에 가서 보니 분명 교녀인지라 서둘러 돌아와 사 공자께 소식을 고하였다. 이 소식을 전해들은 유 시랑이 분한 마음을 이기지 못하여 부인에게,

"내, 교녀를 잡지 못할까 걱정하였는데 지금 낙양청루에서 창기 노릇을 하고 있다고 하니 내, 이년을 잡아다가 치욕을 갚으려고 하오."하였다.

사씨 부인도 역시 원통하고 분한 마음이 풀리지 않았으니 교녀를 잡아

111. **절치(切齒)** 분을 못 이겨 이를 감.
112. **청루** 창기(娼妓)의 집. 기루. 창루.

원한을 풀자고 하였다.

사씨 부인이 인아를 만난 후로는 남은 시름이 없고, 유 시랑 또한 만사에 시름이 없어 치민(治民)을 부지런히 하자, 모든 백성이 농업에 힘쓰고 학업에 근면하여 그가 다스리는 일읍이 태평하였다.

천자께서 이를 들으시고 예부상서로 부르시자 유 상서는 가족을 거느리고 사은하러 서울에 올라가게 되었다. 가는 길에 서주에 닿자 가동을 부려 교녀에 대한 소식을 알아오게 하였더니 과연 사 공자 댁 차환의 말이 틀림 없었다. 유 상서가 그곳의 수단 좋은 매파를 불러 먼저 상을 내린 후 창기 교칠랑을 불러 여차여차하라고 명하였다.

매파가 교녀를 찾아가 가로되,

"이제 예부상서로 영전하여 상경하시는 대감께서 교 낭자의 향명(香名)을 들으시고 소인을 불러 분부하셨소, 상서 벼슬은 매우 높은 재상의 자리고, 또 시비가 전하는 말을 들으니 부인은 신병으로 집안을 다스리지 못한다고 하였으니 낭자가 그 댁에 들어가면 정실부인과 다를 것이 무에 있겠소."

교녀가 속으로,

'내, 비록 의식주에 부족함은 없으나 나이는 점점 많아지고 종신의탁 할 곳을 생각하지 않을 수 없구나.' 라고 생각되어 흔쾌히 허락하였다.

"상공과 부인 보시는 데서 성례할 것이니 준비하고 기다리시오. 곧 낭자를 데려갈 것이오."

"그리하겠소."

매파가 교녀의 승낙을 전하자 유 상서는 비복들을 시켜 교녀를 가마에 태우고 뒤따라오라고 일렀다.

유 상서가 서둘러 서울에 도착하여 천자에게 사은숙배[113]하고 집으로 돌아와 친척을 모아 축하 잔치를 크게 벌였다. 사씨가 임씨를 불러 두 부인께 인사드리라 하고 소개하였다.

"이 사람은 지난번 교녀와는 다른 사람이오니 숙모님께서는 그릇 보지 마십시오."

"새 사람이 비록 어질지라도 나와는 관계가 없다."

두 부인이 담담히 말하였다.

이때 유 상서가 웃으며 두 부인과 좌중의 사람들에게,

"오는 중에 명창을 구해 왔사오니 한 번 구경하시고 잔치를 즐기십시오."하고 좌우에게 명하여 교칠랑을 부르라고 하였다.

이때 교녀는 사처에 거하며 기다리고 있다가 오라는 명을 듣고 유씨 본가에 이르자 가마로 내다보고 깜짝 놀라 말하였다.

"이 집은 유 한림 댁이 아니야? 어찌 이리 오느냐?"

"유 한림께서 귀양 가시고 우리 상공께서 이 집에 들어 계시나이다."

시비의 대답에 교녀가 놀란 마음을 진정하며 생각하기를,

'내가 이 집과 인연이 있구나. 이번에도 마땅히 백자당에 거처해야겠다.' 하였다.

---

113. **사은숙배** 천자의 은혜를 감사하며 공손히 절함.

시비가 교녀를 이끌어 유 상서와 사씨 부인 앞으로 인도하여 상공과 부인을 보라 하였다.

교녀가 눈을 들어보니 좌우를 살폈더니 가득한 사람이 다 유씨 친척인지라 낙담상혼[114]하여 마른 하늘에 벼락을 맞은 듯하였다. 교녀는 바로 땅에 엎드려 슬피 울며 목숨만 살려 달라고 애걸하였다.

유 상서가 크게 호통치며 꾸짖었다.

"네가 네 죄를 아느냐?"

"제 죄를 어찌 모르겠사옵니까마는 부디 죄를 사하여 주옵소서."

교녀가 머리를 숙이고 애걸하였다.

"네 죄가 하나 둘이 아니니 음부는 들어라. 처음, 부인이 너를 경계하여 음란한 풍류를 말라 한 것이 또한 좋은 뜻이거늘, 도리어 참소하여 나를 미혹케 하였으니 그 죄 하나요, 십랑과 더불어 요괴한 방법으로 장부를 속였으니 그 죄 둘이요, 음흉한 종과 더불어 당을 지었으니 그 죄 셋이요, 네 스스로 방자하고는 부인께 미루니 그 죄 넷이요, 동청과 사통하여 가문을 더럽혔으니 그 죄 다섯이요, 옥지환을 도적질하여 냉진에게 주어 부인을 모해하였으니 그 죄 여섯이요, 네 손으로 자식을 죽이고 대악을 부인에게 미루었으니 그 죄 일곱이요, 간부와 작하여 가부를 사지에 귀향 보냈으니 그 죄 여덟이요, 인아를 물에 던져 죽게 하였으니 그 죄 아홉이요, 겨우 부지하여 살아 돌아오는 나를 죽이려 하였으니 그 죄가 열이다. 너 같은 음

114. **낙담상혼** 몹시 낙담하여 넋을 잃음.

부가 천지간에 큰 죄를 짓고도 아직 살고자 하느냐?"

교녀가 머리를 바닥에 박으면서 울며,

"그 모든 것이 첩의 죄이오나, 장주를 해친 것은 설매가 한 일이요, 도적을 보낸 것과 엄숭에게 참소한 것은 동청이 한 일이옵니다."하고, 사씨 부인을 향하여 울며 호소하였다

"첩이 실로 부인을 저버렸으나, 부인, 다만 대자대비하신 덕으로 천첩의 목숨을 보존하게 해주시옵소서."

부인이 눈물을 흘리며 대답하였다.

"네가 나를 해치려 한 것은 죽을 죄가 아니나 상공께 지은 죄는 내가 어찌 구하겠는가?"

상서가 더욱 노하여 시종에게 명하여 교녀의 가슴을 헤치고 심장을 꺼내라고 하였다. 이때 사씨 부인이 시종을 막으며,

"비록 지은 죄가 중하오나 상공을 오랫동안 모셨으니 죽어도 시신은 온전히 하십시오."

유 상서가 부인의 말에 감동하여 동쪽 저잣거리에 잡아내다가 만인이 보는 앞에 죄를 들어 널리 알리고 참살하였다. 사씨 부인은 춘방이 억울하게 참사한 것을 애석히 여겨 그 뼈를 찾아다 고이 묻어주었다. 그리고 십랑을 찾아 그 죄를 묻고자 하였으나 이미 연전에 죄를 입어 옥중에서 죽었다고 하였다.

임씨가 유씨 문중에 들어와 십 년이 지나는 동안 세 아들을 연해 낳았는데 모두 옥골선풍이었다. 장자의 이름은 웅이요, 차자의 이름은 준이요,

삼자의 이름은 난이라 하였는데, 모두 부형을 닮아 출중한 인재였다. 천자
께서 유 상서의 벼슬을 높이시어 좌승상에 제소하셨고, 황후께서 또한 사
씨 부인의 높은 덕에 대해 들으시고 자주 불러 만나보시니 유씨 가문의 영
광이 비할 데가 없었다. 또 사 추관이 높은 벼슬에 이르니 그 복록의 거룩
함이 한 세상에 으뜸이었다. 유 승상 부부는 팔십여 세를 안향(安享)[115]하
고 대공자는 병부상서에 이르고, 유웅은 이부시랑을 하고, 유란은 태상경
을 하여 조정에 벌였으며, 임씨도 무궁한 복록을 누려 자부와 제손을 데리
고 사씨 부인을 모시며 안락한 세월을 보냈다.

　사씨 부인은 「내훈(內訓)」 십 편과 『열녀전』 세 권을 지어서 세상에 전하
고 자부 등을 가르쳐 선도를 행하도록 권장하였다.

　착한 사람은 복을 받고 악한 사람은 앙화(殃禍)[116]를 받는 법이니, 후세
인들에게 경계하고자 이 기이한 사정을 기록하니 명심할지어다.

---

[115] **안향(安享)** 편안하게 삶을 즐김. 편안하게 복을 누림.
[116] **앙화(殃禍)** 죄 지은 대가로 받는 온갖 재앙.

작품 해설

1. 작가의 생애

김만중(金萬重, 1637~1692)은 본관이 광산(光山)이며, 자는 중숙(重叔), 호는 서포(西浦), 시호는 문효(文孝)이다. 명문거족의 집안에서 1637년에 김익겸의 유복자로 태어났다.

1665년에 정시문과(庭試文科)에 장원급제한 후, 정언(正言) 지평(持平) 수찬(修撰) 교리(校理) 등의 벼슬을 거쳐, 1671년에는 암행어사(暗行御史)가 되어 경기지역을 맡기도 하였다. 이듬해 겸문학(兼文學) 헌납(獻納)을 역임하고 동부승지(同副承旨)가 되었으나, 1674년 인선왕후(仁宣王后)가 작고하여 자의대비(慈懿大妃)의 복상문제(服喪問題)로 서인(西人)이 패하자, 관직을 삭탈 당하였다.

그 후 다시 등용되어 1679년 예조참의, 1683년 공조판서에 이어 대사헌(大司憲)이 되었으나 조지겸(趙持謙) 등의 탄핵으로 전직되었다. 1685년 홍문관대제학, 이듬해 지경연사(知經筵事)로 있으면서 김수항(金壽恒)이 아들 창협(昌協)의 비위(非違)까지 도맡아 처벌되는 것은 부당하다고 상소했다가 선천(宣川)에 유배되었으나 1688년에 풀려났다. 이듬해 박진규(朴

鎭圭), 이윤수(李允修) 등의 탄핵으로 다시 남해(南海)에 유배되었다가 그곳에서 1692년 56세의 나이로 별세하였다.

저서로는 『구운몽(九雲夢)』, 『사씨남정기(謝氏南征記)』, 『서포만필(西浦漫筆)』, 『서포집(西浦集)』, 『고시선(古詩選)』 등이 있다.

김만중의 생애를 당시의 시대적 상황에 미루어 보게 되면, 극심한 당쟁의 한가운데 서 있었음을 알 수 있게 된다. 김만중의 가문은 서인의 노론 계열에 속하여 그가 벼슬하는 동안에 남인과의 극심한 당파싸움을 하게 되었다. 김만중도 그 영향을 입지 않을 수 없었다.

즉, 1687년에 김만중은 선천에 유배되었다가 이듬해에 풀려났으나, 다시 두어 달도 못되어 1689년 '기사환국(己巳換局)'으로 노론에 대한 대탄압이 가해졌을 때, 송시열을 비롯한 80여 명이 투옥, 처형, 유배되는 가운데 김만중도 투옥된다. 그 뒤 다시 남해로 유배되어 그곳에서 풀려나지 못하고 유배지에서 죽음을 맞는 비참한 생을 살았던 것이다.

소위 '기사환국'이란 숙종이 장희빈에게서 태어난 왕자 균을 세자로 책봉하려 할 때, 서인들이 이를 반대한 데 대하여 가해진 대 탄압이다. 이를 계기로 장희빈과 결탁한 남인들의 집권 시대가 6년 동안 계속되었다.

그러나 숙종은 다시 남인들을 배격하고 소론을 등용하였으나, 소론이 장희빈의 사형을 동정하였다 하여 또 탄핵을 받게 되고 다시금 노론이 점차 득세하게 되었다.

물론 이러한 당파싸움의 전면에 김만중이 나선 것도 아니며 거기에서 자기의 이해관계를 찾은 것도 아니다. 그러나 김만중은 숙종이 장희빈에게 미혹되어 인현왕후(仁顯王后)를 내쫓은 사실에 대하여 서인이라는 당파적 입장에서라기보다는 인도주의적 입장에서 반대하여 나섰던 것으로 볼 수 있겠다. 이로 인해 『사씨남정기』가 창작되기도 한 것이다. 결국 김만중이 숙종의 미혹을 깨우쳐 주려고 『사씨남정기』를 지은 사실을 정치적인 의도로 해석하는 것은 바람직하지 못하다고 하겠다. 오히려 그는 나라 일을 그르치며 당파 싸움만을 일삼는 자들과 타협하려고 하지는 않았던 그런 인물이었다.

김만중은 이렇듯 당쟁에 휘말려 희생되기는 하였지만 끝까지 불의와 타협하지 않고 충신의 입장으로 일관하였다. 그는 유배를 가서도 자기의 입장과 주장을 굽히지 않았으며 조국의 장래와 민중의 복리를 염원하면서, 사리사욕을 채우는 데에만 열성인 무리들을 단죄해야 한다는 사상을 확고히 하였다.

또한 국문에 대한 큰 애정으로 몇 편의 국문소설을 직접 창작하기도 하였다. 그리고 퇴계 이황마저도, '음란하여 족히 이야기할 것이 못 된다.'고 한 많은 국문시가 작품에 대해서도, '오히려 사대가들의 시가보다도 훨씬 높다.'고 평가하여 국문시가에 대한 확고한 애정을 보여주기도 하였다.

이러한 사실은 김만중이 우리의 문학, 예술 발전에 있어 주체적 입장을 공개적으로 천명하고, 실천에 옮긴 최초의 문학가라는 평가를 내리기에 주저함이 없게 하는 요소이다.

어느 나라 문학을 막론하고 그 나라의 모국어에 기초하여 문학을 발전시킴으로써만 순정한 문학 발전을 가져 올 수 있다는 그의 선진적 견해는 최근 들어 '다양성', '편의성' 등의 미명 아래 교묘히 퇴색되고 있는 우리 문학의 진정한 가치를 되돌아보는 데 시사하는 바가 크다고 하겠다.

2. 작품 세계 및 해설

명(明)나라 가정(嘉靖, 명나라 '세종'의 연호) 연간에 금릉(金陵) 순천부(順天府)에 유현(劉炫)이라는 명문거족이 있었다. 늦게야 아들 하나를 보았는데 이름을 연수(延壽)라 하였다. 유공의 부인 최씨는 연수를 낳아 놓고 자라는 것도 보지 못하고 죽었다. 연수는 나이 10세에 향시(鄕試)에 급제하였고, 15세에 과거에 응시하여 장원 급제하였다. 그는 한림학사(翰林學士)가 되었으나 아직 나이가 어리기 때문에 10년을 더 공부하고 나서 출사(出仕)하겠다고 청하니, 천자는 특별히 5년 동안의 여가를 준다.

유 한림은 덕과 재학(才學)을 겸비한 사씨(사정옥)와 결혼하였다. 부부 간의 금슬이 좋았으나 사씨는 10년이 다 되어가도록 출산을 못하였다. 사씨는 후일 조상의 향화(香火)를 받들지 못할까 근심한 나머지 유 한림에게 후처를 구할 것을 청하였다. 유 한림은 거절했으나 사씨가 진심으로 여러 번 권하자 마지못하여 교씨(교채란)라는 처녀를 맞아들인다.

그러나 교씨는 천성이 간악하고 질투와 시기심이 많은 여자였으니, 겉으로는 사씨를 존경하는 척하나 속으로는 증오하였다. 그러다가 아들을 출산하자 욕심이 극에 달하여 자기가 정실(正室)이 되려고 마음먹기에 이른다. 교씨는 간교한 문객(門客) 동청과 모의하여 유 한림에게 사씨를 계속해서 헐뜯는다. 유 한림은 처음에는 믿지 않았으나 교씨가 집요하게 사씨를 모략한 탓에 결국 사씨를 폐출시키고 곧 교씨를 정실로 맞이한다. 남편 유 한림에게 버림받은 사씨는 남으로 남으로 정처 없는 방랑을 계속하면서 온갖 풍파와 고난을 겪는 가운데 몇 번이나 자살하려고 한다.

그러던 어느 날 순제(舜帝)의 두 왕비인 아황(娥皇)과 여영(女英)의 혼령을 만나 죽을 생각을 거두라는 계시를 받고, 어느 산사(山寺)에 의탁하여 세월을 보내게 된다.

한편 정실 사씨를 쫓아내는 데 성공한 교씨는 바라던 대로 정실이 되었으나 악독함이 나날이 더해만 갔다. 문객 동청과 버젓이 간통하기도 하였다. 유 한림이 자신을 대하는 태도가 전과 다름을 눈치챈 교씨는 동청과 함께 유 한림의 편지를 훔쳐내어 엄 승상에게 참소하여 결국 유 한림을 귀양 보내기에 이른다. 동청은 유 한림의 천자에 대한 불평을 고발했다는 공을 인정받고 계림태수의 벼슬을 받아 부임하게 되었다. 하지만 유 한림의 전 재산을 가지고 교씨와 함께 새 부임지로 가는 도중에 교씨와 내통관계에 있던 냉진의 참소로 인해 거리에서 죽음을 맞는다. 교씨와 함께 길을 나선 냉진 역시 도둑을 만나 재산을 모두 잃고 만다.

그 전에, 조정에서는 태자가 책봉되는 경사가 있어 나라 안의 죄인들을 모두 석방하였으니, 유 한림 역시 유배가 풀리게 된다. 그는 자신이 교씨와 동청의 간계에 속아 사씨를 내친 잘못을 크게 뉘우치고, 고향으로 돌아오자마자 사방으로 수소문하여 사씨의 행방을 찾는다.

한편, 사씨는 돌아가신 고구가 꿈속에서 당부한 대로 사람을 구하러 나섰다가 동진에게 쫓기던 한림을 구하게 된다. 한림은 사씨에게 전의 잘못을 사과하고 고향으로 돌아와서 간악한 교씨를 잡아 처벌한다.

유 한림과 사씨는 죽은 줄로만 알았던 아들 인아를 찾고 후실로 들인 임씨부인과 더불어 행복하게 살았으니 아들들의 복록 역시 무궁하였다고 한다.

『사씨남정기』는 국문본과 함께 한문본이 함께 전한다. '남정기', '사씨전'은 이 작품의 다른 이름이며, 작품의 성격상 '풍간소설', '가정소설', '도덕소설', '사회소설' 등으로 일컬어진다.

이 작품의 창작 배경은 숙종이 인현왕후를 폐출하고 희빈 장씨를 중전으로 책봉한 사건으로, 숙종의 각성을 촉구하고 나아가 인현왕후의 복위를 주장하는 내용이 담겨져 있다고 보인다. 권선징악의 교훈을 내세운 이면에는 보다 큰 의미가 있었던 것이다.

작자가 이 작품에서 구현하고자 한 주제는 일반적으로 처첩 간의 갈등과 쟁총(爭寵)으로 보고 있으나, 사씨의 훌륭한 덕성으로 보는 견해도 있다.

후자의 견해는 성혼 과정에서 매파가 사 소저의 미색을 칭찬하자 유현이 사 소저의 덕성을 크게 칭찬한 것과, 사씨 부인이 유 한림에게 소실을 얻도록 간청하는 등, 그녀의 고운 덕성이 계속해서 그려지고 있다는 점에 근거한 것이다.

더욱이 교씨의 간교로 인해 시가에서 쫓겨난 사씨 부인이 친정으로 돌아가지 않고, 시부모의 산소에서 지내는 모습까지 보여주는 사씨의 후덕함으로 인해 그런 견해는 나름대로의 설득력을 갖는다고 하겠다.

나아가 이 작품은 인현왕후를 내친 숙종 개인의 행위가 어리석었음을 비판하는 것에 머물지 않고, 일종의 윤리 비판의 성격을 가진다. 이런 이유로 조선 후기 소설을 논의하는 자리에서 특히, 소설을 도덕적 효용론의 관점에서 긍정할 때 대표적 작품으로 거론되기도 한다.

한편 소설사적 관점에서 볼 때, 이 작품은 '가정소설'의 원형으로 그 의미를 부여받는다. 특히 후대 장편소설의 전범이 되었다고 이해되는데, 이는 당시 여성 독자층의 요구와 기호에 맞추어 처첩간의 갈등, 축첩으로 인한 가정 내의 비극이라는 새로운 소재를 다루고 있다는 점과 다단한 구성의 측면에서 그 이유를 찾을 수 있다.

이외에도 작자인 김만중이 가진 불교에의 관심과 사씨의 자색과 인품이 마치 '관음상'의 현신을 보는 것과 같고, 내용 전반에 걸쳐 불교에 관련된 이야기들이 자주 등장한다는 이유로 일종의 '불교소설'로 보는 견해도 있다.

이런 견해는 작자의 다른 소설 작품인 『구운몽』의 내용을 상기해 볼 때, 타당성이 있는 것으로 보인다.

ぐ 생각하는 갈대

첫째, 『사씨남정기』는 내용이나 창작 배경이 인현왕후의 폐위와 복위의
과정과 밀접한 관련이 있는 작품임에 틀림없다. 그런 이유로 '목
적소설', '사회소설', '풍간소설' 등의 용어로서 작품의 성격이 보
편적으로 인식되어 온 것이 사실이다.
하지만 그러한 사회사적 배경에 대한 인식은 뒤로 하고, 오로지
작품 내적인 측면으로만 이 작품을 바라볼 때 나타나는 특징적 면
모는 어떠한 용어로 대변될 수 있을지 스스로 생각해 보고, 그 이
유를 정리해 보자.

둘째, 이 작품의 주요 인물들인 사씨와 유연수는 모두 교씨에 의해 각각
큰 시련을 겪게 된다. 사씨는 가정에서 쫓겨나고, 유연수는 조정
에서 쫓겨난다는 점만 다를 뿐, 그 둘은 상당히 닮아 있는 것이다.
더욱이 작자는 그들이 쫓겨나는 과정을 독자들에게 보여주면서
사회의 실상을 적나라하게 그려내고 있는데, 이러한 설정은 이 작
품이 사씨의 방랑이라는 점에만 집중하고 있지 않다는 점을 보여
주는 것이다.
유연수의 쫓겨남과 복귀가 갖는 의미가 무엇일까? '정치인'으로
서의 작자를 고려하며 그 의미를 추측해 보자.

셋째, 작자의 또 다른 소설 작품인『구운몽』은 꿈속에서 겪게 되는 일이 현실에까지 큰 영향을 미치게 되는 이른바 '몽유구조'의 면모를 잘 갖춘 작품이다. 그런데『사씨남정기』도 꿈과 관련된 내용이 많이 등장하며, 그 꿈으로 인해 주인공의 일생에 큰 전기를 맞이하는 등, 작품 내에서 꿈이 갖는 비중은 크다고 할 수 있겠다.

한 작가가 같은 하나의 소설적 장치를 이용하면서도 주제나 의미를 구현해 나가는 방법과 내용은 매우 다양할 수 있다. 이런 점을 염두하며『구운몽』과『사씨남정기』를 읽어보고, 두 작품에서의 꿈의 기능과 의미는 어떠한 것인지 생각해 보자.

작가 연보

1637(1세, 인조 15) 충렬공 김익겸의 유복자로 태어남. 어머니를 따라 서울로 들어옴.

1639(3세, 인조 17) 윤 부인이 몸소 글을 가르치기 시작함.

1640(4세, 인조 18) 4월, 조부 김반(金槃)이 죽음.

1644(8세, 인조 22) 4월, 외조부 윤지(尹墀)가 죽음.

1648(12세, 인조 26) 처음으로 상시(庠試)를 치름.

1650(14세, 효종 1) 7월, 진사(進士) 초시에 합격함.

1652(16세, 효종 3) 9월, 진사 1등 다섯 명이 합격함. 연안 이씨(延安李氏)를 아내로 맞음.

1653(17세, 효종 4) 11월, 형 김만기(金萬基)가 별시(別試)에 뽑힘.

1654(18세, 효종 5) 고체(古體)의 여러 시를 지음.

1655(19세, 효종 6) 4월, 아들이 태어남.

1656(20세, 효종 7) 별시 초시에 합격함.

1657(21세, 효종 8) 7월, 딸이 태어남. 『정유구월낙제후작(丁酉九月落第後作)』을 지음.

1662(26세, 현종 3) 증광(增廣) 초시에 합격함.

1665(29세, 현종 6) 4월, 정시(庭試)에서 장원급제함. 전적(典籍),예조좌

랑(禮曹佐郎)을 차례로 제수 받고, 12월 홍문록(弘文錄)에 뽑힘.

1666(30세 현종 7) 정언(正言)에 제수되었으나, 인피(引避)하여 군직(軍職)을 부여받음.

1667(31세, 현종 8) 지평(持平)에 옮김. 홍문관의 동료와 함께 소(疏)를 지어 올림.

1668(32세, 현종 9) 『의상질의(儀象質疑)』를 지음.

1669(33세, 현종 10) 계를 올려 부정한 관리들의 처벌을 청함. 11월, 부수찬을 제수 받음,

1670(34세, 현종 11) 홍문관 동료와 왕세자비 간택을 늦출 것을 상소함. 한학교수(漢學敎授)와 동학교수(東學敎授)를 겸직함.

1671(35세, 현종 12) 암행어사가 되어 경기지역을 염찰(廉察)함.

1672(36세, 현종 13) 문학(文學)과 헌납을 겸임함.

1673(37세, 현종 14) 영릉(寧陵, 효종과 인선왕후의 능)에 『영릉천장만장(寧陵遷葬挽章)』 4수를 지어 올림.

1674(38세, 현종 15) 관직을 삭탈당하고, 정월에 금성(金城)의 유배지로 감. 4월 유배지에서 풀려나와 숙종의 부름을 받아 벼슬함. 이 해에 많은 시를 지음.

1675(39세, 숙종 1) 호조참의(戶曹參議), 동부승지(同副承旨)등을 역임함.

1678(42세, 숙종 4) 『동리집(東里集)』을 산정(刪定)함.

1679(43세, 숙종 5) 『비파행(琵琶行)』을 차운(次韻)한 『차비파행운(次琵
　　　　　　　　琶行韻)』을 지음.

1680(44세, 숙종 6) 홍문관 제학과 예문관 제학을 겸하고, 대사간 등을
　　　　　　　　역임하다. 거듭 소를 올려 사퇴하고자 하나 임금이 허락하지
　　　　　　　　않음.

1681(45세, 숙종 7) 예조참판, 부제학 등을 제수 받았으며, 이 해 연화방
　　　　　　　　(蓮花房)에 있는 집으로 거처를 옮김.

1682(46세, 숙종 8) 문간공(文簡公) 성혼(成渾)을 문묘에 종사(從祀)하라
　　　　　　　　는 교서를 지어 올림.

1683(47세, 숙종 9) 『실록(實錄)』을 고쳐 편찬한 공로로 자헌대부(資憲大
　　　　　　　　夫)의 품계에 오름. 계를 올려 종권제(從權制)를 청함.

1684(48세, 숙종 10) 우참찬(右參贊), 좌참찬(左參贊) 등을 제수 받음.
　　　　　　　　숭릉(崇陵)의 신구릉(新舊陵)에 친히 제사지내는 제문을 지어
　　　　　　　　올림.

1685(49세, 숙종 11) 예조판서를 제수받음. 명을 받아 후릉(厚陵, 정안왕
　　　　　　　　후의 능)과 순릉(順陵, 공혜왕후의 능)을 봉심(奉審)함.

1687(51세, 숙종 13) 아들 진화(鎭華)가 진사에 장원급제함. 선천(宣川)으
　　　　　　　　로 유배됨.

1688(52세, 숙종 14) 영의정 김수흥(金壽興) 등의 간언으로 11월 유배에
　　　　　　　　서 풀려남.

1689(53세, 숙종 15) '절도위리안치(絕島圍籬安置)'의 형을 받고 남해의

유배지로 감. 이어 두 조카도 차례로 유배됨.

1690(54세, 숙종 16) 모친 윤씨가 죽음. 유배지에서 날마다 메를 지어 올림.

1692(56세, 숙종 18) 4월 30일, 56세의 나이로 유배지에서 죽음.

1694(숙종 20) 왕명으로 관작(官爵)이 추복(追復)됨.

베스트셀러한국문학선

소담의 〈베스트셀러 한국문학선〉은 우리 문학으로 떠나는 뜻깊은 여행입니다

	제목	저자	정가	내용
1.	무정	이광수 지음	값 5,500원	근대 문학사상 최초의 장편소설로 평가되고 있는 무정은 1918년 당시 최고의 시대적 선(善)이었던 계몽사상을 현실성 있게 묘사하고 있다. 우리 문학을 이해하고 문학과 시대의 관계를 이해하는데 '첫 발' 이 되는 작품이다.
2.	배따라기	김동인 지음	값 5,000원	유토피아를 꿈꾸는 '나' 의 이야기와 오해 및 질투로 인하여 사랑하는 사람들을 모두 잃은 '그' 의 이야기를 '배따라기' 라는 노래로 접합시킨 완벽한 액자소설이다. 순수한 미의식과 예술적 기교가 잘 조화된 우리 근대 단편문학의 한 전형을 이룬 작품으로 평가되고 있다.
3.	표본실의 청개구리	염상섭 지음	값 4,500원	한국 최초의 자연주의 수법에 의하여 쓰여진 작품으로 알려져 있다. 그러나 오늘날은 사실주의 문학의 기점으로서 재조명되고 있는 독특한 작품이다. 3. 1운동 직후의 허무주의적 절망과 우울 속에 침체되어 있는 지식인의 고뇌가 묘사되어 있다.
4.	사랑방 손님과 어머니	주요섭 지음	값 4,000원	사회 현실 문제에 남다른 관심을 보였던 주요섭의 대표적인 단편 작품이다. 어린 소녀의 눈에 비친 성인 남녀의 사랑문제가 서정성 강하게 나타나지만 그 이면에 풍속적 한계를 인식한 젊은 과부의 애욕의 고뇌와 체념이 읽혀진다.
5.	운수좋은 날	현진건 지음	값 4,500원	사실주의 작품으로 꾸민 이야기라는 느낌보다는 실상을 보는 듯이 선명하게 제시하여, 이야기 안에 흐르는 필연성이 독자들에게 긴박성과 함께 진실성을 발견하게 한다. 반어적 결말을 통해 놀라운 감동을 주는 현진건 소설의 백미이다.
6.	물레방아	나도향 지음	값 4,500원	가난과 상실의 문제를 주로 다뤘던 1920년대 우리나라 사실주의의 대표작이다. 식민지 시대 우리나라 농촌의 구조적 가난과 전통적인 성윤리 의식의 변질이 맞물려 빚는 갈등, 그 갈등이 고조되어 죽음으로 해소되는 과정을 잘 보여주고 있다.
7.	화수분	정영택 지음	값 4,000원	계속 재물이 나오는 보물 단지인 '화수분' 이라는 이름을 가진 주인공은 이름과는 반대로 가난하고 무식하지만 스스로 희생하면서 어린 생명을 구한다.
8.	상록수	심훈 지음	값 5,000원	채영신과 박동혁이라는 두 주인공의 농촌 계몽운동을 통해 1930년대 농민운동의 실천적 의지를 일깨워 준 심훈의 대표작이다. 농촌 갱생을 위해 희생적으로 봉사하는 의지적 인물을 묘사한 작품이다.
9.	메밀꽃 필 무렵	이효석 지음	값 5,000원	소설을 시적 서정성으로 승화시키는 데 성공한 '분위기 소설' 이다. 장돌뱅이 허생원의 애수가 산길, 달빛, 메밀꽃, 개울로 연결되면서 신비스런 배경의 분위기와 함께 낯익은 한국 정서로 눈앞에 선명하게 펼쳐진다

제목	저자	정가	내용
10. 동백꽃	김유정 지음	값 4,500원	우리 문학사에서 고전의 골계미 전통을 1930년대에 현대적 기법으로 소화시켜 창조적으로 계승한 김유정의 해학미 넘치는 작품이다.
11. 태평천하	채만식 지음	값 5,000원	채만식은 30년대 식민지 시대의 인텔리, 더 넓게는 궁핍한 한국민 전체의 삶의 양상을 '기성품 인생'으로 지칭하고 있다. 독자적인 사설조 문체미로 돋보이는 그 풍자 속에는 준엄한 자기 성찰과 비판의식이 깃들어 있어 진실성 있는 작가 정신을 엿볼 수 있다.
12. 탈출기(외)	최서해(외) 지음	값 5,000원	「탈출기」는 편지로 엮어진 작품으로 박군이 김군에게 집을 떠난 이유를 밝히고 있다. 이무영의 「제1과 제1장」, 박영준의 「모범 경작생」, 김정한의 「사하촌」 등이 수록되었다.
13. 날개(외)	이상(외) 지음	값 4,000원	28세로 요절한 이상의 실험적인 작품으로 일제의 억압 속에서 아무것도 할 수 없는 한국인의 모습을 절망적 풍경으로 묘사하고 있다. 유진오의 「김강사와 T교수」, 박태원의 「소설가 구보 씨의 일일」 등이 수록되었다.
14. 무녀도	김동리 지음	값 5,000원	「무녀도」는 우리의 재래적 토속신앙인 무속의 세계가 도도한 역사의 변화 앞에서 쓰러져 가는 모습을 그린 작품이다. 「황토기」, 「등신불」 등 6편이 수록되어 있다.
15. 소나기(외)	황순원(외) 지음	값 5,000원	서정성이 높고 절제된 문장미와 소설 구성의 세련된 기교로 인해 미적 감동을 유발시키는 황순원의 작품으로 누구에게나 한 번쯤 있었음직한 어린 날의 그리운 추억을 느낄 수 있게 하는 이야기이다. 계용묵의 「백치 아다다」, 정비석의 「성황당」 등 14편이 수록되었다.
16,17. 흙(상, 하)	이광수 지음	값 각 4,000원	이광수의 흙은 귀농사상(歸農思想)을 주제로 하여 쓴 계몽소설로서, 흙을 소재로 하여 민족혼을 간직하지만 가난하고 무식한 농민을 위하여 계몽자, 설교자의 자세를 취한 작품이다.
18. 무영탑	현진건 지음	값 6,000원	현진건의 「무영탑」은 경주 불국사 석가탑을 소재로 하여 숭고하고 우아한 예술의 극치를 완결해 가는 과정에 있어서의 예술가의 집념과 고뇌의 모습을 제시하는 역사소설이다.
19. 금수회의록(외)	안국선(외) 지음	값 5,500원	일반 대중에게 신시대의 이념을 고취시키고자 목적을 둔 계몽주의적 신소설인 「금수회의록」과 「자유종」을 비롯하여 남녀의 애정 모티프의 신소설인 「추월색」, 「설중매」도 소개하고 있다.
20,21. 탁류(상, 하)	채만식 지음	값 각 4,000원	1930년대 한국 사실주의 문학에서 가장 큰 금자탑을 이룩한 채만식의 대표적인 장편소설. '여인의 일생형'에 속하는 작품으로, 한 여인의 수난사를 줄거리로 하면서 1930년대의 세태와 하층민의 운명을 폭넓게 그리고 있다.
22. 환희	나도향 지음	값 5,000원	신여성 이혜숙과 기생 설화를 중심으로 한 두 개의 삼각관계가 펼쳐진다. 「환희」는 나도향 초기 낭만 문학의 대표작으로, 신비적이고 낭만적인 죽음의 미의식이 돋보인다.
23. 인간문제	강경애 지음	값 5,000원	「파금(破琴)」과 「어머니와 딸」을 통해 많은 사람들의 주목을 받은 여류작가 강경애의 대표작이다. 선비라는 최하층 여성의 수난을 통해

제목	저자	정가	내용
			1930년대적 한국의 참상을 고발하고 인간다움의 회복을 절규하는 강경애 문학의 핵심이다.
24, 25. 사랑(상, 하)	이광수 지음	값 각 4,000원	현실의 물질적 이해 관계와 육체적 욕망을 초월한 이상주의적 사랑을 그린 계몽주의적 소설이다.
26. 삼대	염상섭 지음	값 6,500원	조부 조의관, 아버지 조상훈, 아들 조덕기의 삼대에 걸친 가계의 전개를 통해 식민지 사회의 현실을 제시함으로써, 당대의 사회적 변천과 정신사의 이면을 함께 묘사한 1930년대 가계소설의 대표작으로 손꼽히는 작품이다.
27. 백범일지	김구 지음	값 5,500원	민족사상을 고취하는 한민족의 필독서로, 세월이 지나도 그 가르침이 퇴색되지 않는 고전이 된 「백범일지」는 변치 않는 김구의 애국심이 그대로 나타나는 작품이다.
28. 진달래꽃	김소월 지음	값 4,500원	우리나라의 '국민 시인' 김소월의 170여 편의 시를 모아 엮었다. 소월의 시는 충족 속에 여물어 보지 못한 전통적인 한(恨)이 묻어난다. 짧은 서른 생의 주옥 같은 파편들을 만날 수 있을 것이다.
29. 하늘과 바람과 별과 시	윤동주 지음	값 4,000원	윤동주의 시는 어두운 시대를 살면서도 자신의 명령하는 바에 따라 순수하게 살아가고자 하는 내면의 의지를 노래하였다. 자신의 개인적 체험을 역사적 국면의 경험으로 확장함으로써 한 시대의 삶과 의식을 노래하고 있다.
30. 님의 침묵	한용운 지음	값 4,000원	우리를 일깨우는 민족의 종, 역사의 종, 자유의 종으로 상징되는 만해의 시 90여 편을 모았다. 만해의 시는 험난한 역사를 살아가는 예지와 용기를 가르쳐 주며 현실적인 생의 어려움을 극복할 수 있는 신념과 희망을 불러일으켜 준다.
31. 나도향, 유진오 단편집	나도향, 유진오 지음	값 5,500원	낭만적이면서도 객관적 사실주의 경향의 작품을 쓴 나도향과 사실적인 현실 표현으로 세대 풍자적인 작품을 쓴 유진오의 단편집.
32. 김유정, 채만식, 이효석 단편집	김유정, 채만식, 이효석 지음	값 6,000원	우리 민족의 '한'을 웃음과 울음이라는 상반된 감정으로 표현한 김유정, 풍자문학을 통해서 왜곡된 사회적 부조리를 꼬집은 채만식, 자연의 서정성과 반문명적인 아름다움을 내포하는 작품을 쓴 이효석의 단편들을 모았다.
33. 수난 이대(외)	하근찬(외) 지음	값 5,500원	전쟁의 광포함을 따뜻한 애련의 정서로 여과시켜 표현하는 「수난 이대」는 우리에게 소박한 휴머니즘을 전달한다.
34. 혈의 누	이인직 지음	값 5,500원	정치적 성향이 짙으면서도 동시에 애정문제와 같은 내용을 포함시켜 흥미성을 추구한 이인직의 작품세계를 가장 잘 조화시킨 작품 「혈의 누」는 신소설의 대표작이라 할 수 있다. 「은세계」, 「모란봉」 수록.
35. 우리들의 일그러진 영웅	이문열 지음	값 5,000원	국민작가로 불리는 이문열의 대표작으로 세계 여러 나라에 번역, 출간된 작품. 사회의 왜곡된 의식구조와 권력 형태를 엄석대와 5학년 2반 급우들을 내세워 일종의 우화(寓話) 수법으로 그려내고 있다.